中国之美

郭文斌 著

图书在版编目（CIP）数据

中国之美 / 郭文斌著. -- 天津：百花文艺出版社；银川：宁夏人民出版社, 2024.2（2024.6重印）
ISBN 978-7-5306-8746-8

Ⅰ.①中… Ⅱ.①郭… Ⅲ.①散文集-中国-当代 Ⅳ.①I267

中国国家版本馆 CIP 数据核字(2024)第 005357 号

中国之美
ZHONGGUO ZHI MEI

郭文斌　著

出 版 人：薛印胜　何志明
策划统筹：王　燕
责任编辑：王　燕
特约编辑：陈　浪
出版发行：百花文艺出版社
地　　址：天津市和平区西康路 35 号　邮编：300051
电话传真：+86-022-23332651（发行部）
网　　址：http://www.baihuawenyi.com
出版发行：宁夏人民出版社
地　　址：宁夏银川市北京东路 139 号出版大厦　邮编：750001
电话传真：+86-0951-5052104　5052106（发行部）
网　　址：http://www.yrpubm.com
印　　刷：山东临沂新华印刷物流集团有限责任公司
开　　本：880 毫米×1230 毫米　1/32
字　　数：180 千字
印　　张：10.125
版　　次：2024 年 2 月第 1 版
印　　次：2024 年 6 月第 4 次印刷
定　　价：68.00元

如有印装质量问题，请与山东临沂新华印刷物流集团有限责任公司联系调换
地址：山东省临沂市高新技术产业开发区新华路 1 号
电话：(0539)2925886　邮编：276017

版权所有　侵权必究

光明而温暖的风景
——《中国之美》序

◎汪政

《中国之美》是郭文斌新作,也是他在文学、文化问题上阶段性的总结和新的思考。

郭文斌的创作道路明亮而清晰,如果说《大年》之前他还多多少少有些不同的尝试的话,那么此后他似乎一下子就变得坚定了,他从中国乡村风俗出发,进而进入乡村复杂而微妙、根深而蒂固的"小传统",然后上达由长期的农业文明形成积淀的中国传统文化。在郭文斌看来,中国的农业文明和乡土文化在中国文化的发展中举足轻重。因此,书写传统与乡村、节令与风俗自然地成为郭文斌作品的叙述内容和叙事线索。不论是虚构性的小说还是纪实性的散文,郭文斌都为我们展示了中国乡土生活中风俗的多姿多彩,梳理了风俗之所以形成的自然与社会基础。细读本书中关于风俗的描写,哪怕就一个年俗,也足以令人叹为观止。一旦进入了年,就进入了文化的规矩,它的衣食住行,一招一式,都有说法,都有出处。

这些叙述与描写不是从书本到书本,不是百科式的知识堆砌,而是生活的体验与实践,是田野调查的考证与阐释,这使它们几乎可以比肩文化人类学论著。它们让读者重新认识到,风俗是建立在自然、生活、劳动与血缘基础上的,在规范与调节人与自然、人与人的关系上具有坚实而隐秘的作用;风俗是道德、生活习惯等等的集中体现,实际上以生活的具体方式参与了乡村价值体系和观念形态的培育、塑造、修复甚至重建。这是乡村地域文化中蕴藏的教育资源和生活规范。在传承中,人们将教诲结构与劝诫模式植入其中,以便让一代代人从中汲取乡村社会得以延续的情感、禁忌与文化理念。所以,从本质上说,风俗就是一种仪式,是一种文化记忆,是我们集体记忆的重要途径之一。这也是郭文斌的文化散文不止于一般描写的原因,也使他的文章与那些猎奇性的风土奇观式作品有了本质性区别。

郭文斌笔下许多日常生活的仪规、礼俗与程序实际上都是一些隐形的文化律令。他总是努力挖掘其中积淀深厚的文化内涵,揭示其丰富的象征意义,让我们具体感受到"小传统"独特的伟力。在他的文字引领下,我们真切地感受到,一定区域与社群范围内,通行的礼俗作为一种特殊的行为,会通过外在的符号、工具、程序以及组织者的权威而具有艺术的感染力、情感的感召力、意义的说服力和社会的强制性,会营造出特殊的氛围,而使参与者在哀伤、敬畏、狂欢与审美的不同情境中获得行为规范、道德训诫与心灵净化。以本书开篇的《中国之美》为例,它重点谈到了农历。农历是中国古人发明的,它是根据太阳和月亮运行的规律总结推衍出来的,因为太阳的运行产生了季节的变化,农事的安排必须适应这种变化,古人据此设置二十四节气以指导农业生产。农历文化实际上是一个非常丰富的话语系统,它不仅仅是一个时间表,更是包含着天文、地理、宗教、习俗、生产、生活等许多方面。在古代,二十四节气对农业生产具有强制性指导意义,而每一次生产行为都包含祭祀、禁忌、庆祝、劝勉以及实际生产行为等许多程序和仪式,每一道程序又都包含着它的起源、沿革、传统等文化增值。这不仅是一笔丰厚而宝贵的文化遗产,更是"天文编程、人文编程、教育编程、幸福学编程,甚至是人类学编程"。

《中国之美》不是一般的散文作品,它还是一部实践之书、一部行动之书,这不仅是它与一般的文学作品的区别,也让我们认识到郭文斌写作的别样之处,认识到郭文斌迥异于通常意义上的作家的地方。写《大年》前后,郭文斌已经自觉地投入乡村的风俗书写中,但这个时期,他对中国乡村文化的书写还只是文学意义上的,但到了《农历》,他对中国传统文化的力量已经有了新的认识,已经尝试在现实的层面理解传统文化的价值与意义,《寻找安详》《醒来》可以说是一种根本性的转变,郭文斌不仅意识到了传统文化的意义,更对它的魅力,对它的力量,以及在现代社会的实践可能有了深刻的认识与充分的自信,并形成了他自己的农历精神、安详诗学、乡愁理论与幸福定义。这样的转变不仅来自传统文化的感召,更来自现实的呼唤。

回过头去看,郭文斌对现实一直怀有忧患意识,这从他早期小城系列的写作中可以看出来,那是他作品中少有的对现实问题的稍有涉及的描写。这一系列作品的写作正处于中国社会转型期,人们一方面为社会物质财富的增长而欢欣鼓舞,另一方面又对其相当大程度上压倒精神价值的创造与实现而忧心忡忡。一些文化状况让我们不得不正视,社会与个体发展的根本性的价值被悬置了,碎片化了,空心化了。社会的进步被畸形地理解,人类生命与文化共同体面临分化和解体,个体的物质与欲望被开发和放大,而精神与心灵的建设则被严重忽略,而所谓新的生活方式又使之雪上加霜,"每天活在一种'概念幸福'里,活在信息狂流里,活在计划里、效率里、手机里、网络里。渐渐地,生命的'实在感'丧失,'现场感'丧失,焦虑就找上门来了,抑郁就找上门来了"……正是这些引发了当年的人文精神的大讨论,文化的焦虑直到今日,并由此成为许多人文工作者包括作家们工作的逻辑起点。这样的工作有两个向度,一是对现实的否定与批判,一是从历史、现实与理想中寻找与构建正面的价值观念。其实,这两个向度是一枚硬币的两面,并不可以分开,但是对于个体来说,却由于环境、心性、认知等方面的原因而有所侧重与选择。郭文斌选择的是后者,他总是给人展示真善美,用他自己的话说,这"可能和自己的童年经历有关……在我接受的教育中,没有黑暗,只有光明;没有寒冷,只有温暖;没有批判,只有祝福"。他借用一位电影人的话来定性自己的写作:"我明知生活中有黑暗,但我就是要告诉观众光明。"这样,郭文斌理想的文学,"既能给大地增益安详,又能给读者带来吉祥;进入眼帘它是花朵,进入心灵它是根"。正是现实的忧虑、正面化的写作与对传统文化现实化的实践功能的发现，使郭文斌自觉地给自己的写作赋予一种新的作用：文学一定要有祝福的功能。而这一功能的逻辑发展，就是让文学走进生活，走向社会，走入大众。他对文学、对文化进行了新的定位，"文化一定要让百姓能用、愿用、常用、广用。必须像大米面粉一样成为百姓必需，像阳光空气一样让人离不开"。最具体而明确的，就是郭文斌从乡村风俗开始一路寻觅过来的中国传统文化。他知道，重振中国传统文化不是一朝一夕甚至不是一代人两代人的事，但"时代急需优秀传统文化，核心价值观的落地急需优秀传统文化，实现中国梦急需优秀传统文化"，这不仅是郭文斌对文学与文化的新理解，更带来了一个作家的人生的转型，他是一位作家，他又是一位文化学者，一位中国传统文化的传习者，一位心理建设与社会建设的志愿者，一位文化公益事业的活动家。

于是，有了"寻找安详小课堂"。郭文斌通过这个课堂营造和谐的气氛，沐浴传统的光辉，感受生活的美好，"把偏见放下，把成见放下，然后把心灵调整到一种归零的状态，读安详的书，做安详的事"。它让人们发现，"每个人都是一个安详的拥有者，只不过它在沉睡，只要唤醒它就足矣；或者说，每个人都是一眼安详的清泉，只要把其中的泥沙淘尽就是"。

于是，有了《弟子规》解读课程和《朱柏庐治家格言》解读课程。在这些课程中，郭文斌重点从人的生命力构建角度、人的潜能开发角度，阐述一种由全面教育和全程教育构成的整体教育观，阐述一种对于现代人来说极其重要的生命状态，"那就是在第一规定性里找到人生最低成本的获得感、幸福感、安全感,让阳光、温暖、诗性、安详、喜悦充满每个人的心房"。

于是,有了《记住乡愁》大型纪录片。以关注古老村落状态,讲述中国乡土故事,重温世代相传祖训,寻找传统文化基因为宗旨,展现传统村落优美和谐的自然环境、布局合理的人文景观、丰富多彩的民风民俗、独具特色的乡土风物、深沉丰厚的文化积淀,梳理传统村落的历史发展脉络,通过传承千百年的村规民约、家风祖训,探索民族文化的精髓,深入挖掘中华民族的精神吸引力,阐述中华优秀传统文化"讲仁爱、重民本、守诚信、崇正义、尚和合、求大同"的时代价值。正是参与这一连续性的大型专题片的制作,让郭文斌走进了一个又一个村落、社区,对乡愁有了新的理解与解读。乡愁蕴藏着巨大的生命力、和谐力、建设力,它紧密地连着天地,连着先祖,连着岁月,也连着吉祥如意。它是生机,是春意,是真理在大地上生长出来的庄稼,是四两拨千斤的"四两",是万变不离其宗的那个"宗",是"君子务本,本立而道生"的那个"本"。

……………

这些都可以在《中国之美》中看到。所以,《中国之美》是对中国之美的书写,更是作者对中国之美的寻找与发现、弘扬与实践,它是作者文化实践的记录,是一本真正写在大地上的书。这也许才是这本书真正的意义。它让我们想起了历史上许多知行结合的圣哲先贤,想起了中国现代化早期的那些乡村建设者,想起了投身现代民族国家建设致力于民族复兴的一代又一代文化人。它让我们对文学有了全新的理解与期望,文学不应该只是文人谋生的饭碗,也不应该是贵族沙龙里的雅趣,不能只是锦上添花的装饰,也不是从业者的耍酷炫技。它应该在生活中,在现实中,在普通劳动者中,在人心中。它是可以在追求美好生活中发挥更大作用的。无用的文学其实是有用的。说文学边缘化,那是因为它自觉或不自觉地退出了中心。所以,决定文学的不仅是我们手中的笔,还有我们的双脚。

应该有更多的写作者像郭文斌一样,走相似的路,做共同的事。那会是中国文学光明而温暖的风景。

2024年2月3日,南京玄武湖

汪政,文学创作一级。江苏省作家协会副主席,江苏省文艺评论家协会主席,中国作家协会文学理论批评委员会副主任,中国小说学会副会长。南京晓庄学院特聘教授。

目录

第一辑

中国之美 / 003

大年本身是余庆 / 017

世界上最美的夜晚 / 027

春节是中华民族的集体相约 / 033

好大一个年 / 043

春节的福利 / 058

芒种 / 067

何以解暑 / 072

中秋是归途 / 077

重阳 / 087

黎明即起,洒扫庭除 / 091

第二辑

中华文化的成功归位 / 109

中华民族的精神吸引力 / 112

中华长寿之秘密 / 122

不忘本原 / 128

《记住乡愁》与文化自信 / 135

《记住乡愁》中的传统名村 / 151

"乡愁"已经成为新的中华文化共同体 / 183

用心守护中华文明的万家灯火 / 188

七年乡愁路 / 198

助力乡村振兴 / 207

乡愁里的党史 / 212

第三辑

乡村的诗意 / 231

将台堡,我的故乡 / 236

喜欢土豆 / 241

河的子孙,子孙的河 / 244

安详宁夏 / 248

用怀念为先生守灵 / 251

雷抒雁老师和他的第二故乡 / 258

第四辑

有根之人皆得欢喜 / 265
《平"语"近人》何以近人 / 269
山海相望,情义相连 / 275
祝福的本义 / 280

第五辑

笔下有乾坤 / 287
"保护传承"也是"国之大者" / 295
昭文道,明文德 / 303
为人类文明发展贡献中国智慧 / 306

第一辑

每年春节,我都要去几位老首长家里坐一坐。谁都知道,他们并不缺那一份物质上的表达,但是你去坐一坐,喝喝茶,聊聊天,本身就是意义。就是说,这种走动本身就是意义,仪式感本身就是意义。

中国之美

每年端午时节,我都会接到许多媒体的电话,大家问我,当年是怎么写出获得鲁迅文学奖的短篇小说《吉祥如意》的,并把端午写得那么美,那么香,那么多彩,那么欢乐,那么吉祥,那么如意。

我说,的确,在我的记忆中,端午是香的。

"五月和六月是被香醒来的。"当我把这句话写在稿纸上时,我就进入了另一个时空隧道,它的名字叫"端午"。

"五月"是姐姐,"六月"是弟弟,"端午"的故事,就是从姐弟二人被"香醒来"开始的。

既是甜醅子的香,又是荷包的香,又是艾草的香,又是五月五这个日子的香,更是"天之香""地之香""人之香"。

正是天地间弥漫的这种"香",让"五月五""十全十美""吉祥如意"。

也正是这种弥漫在记忆中的"香",让我对二十四节气着迷,让我用十二年的时间写成长篇小说《农历》。该小说二〇一〇年出版,曾获茅盾文学奖提名,现已重印十多次。这部长篇小说的写作,让我对中华文化的整体性有了更加深入的体会。从二〇一二年开始,我探索应用中华文化的整体性干预抑郁症,收到了很好的效果。这让我对农历的现实意义,有了更加深入的认识。

二〇一五年,在协助中央广播电视总台拍摄大型纪录片《记住乡愁》的过程中,我对中华文化的整体性,有了更为广阔的认识。这档节目原计划拍摄一百集,没想到播出后非常受欢迎,后来续拍为五百四十集,观众达一百七十亿人次。时任中宣部部长黄坤明赞誉《记住乡愁》,是"涵养社会主义核心价值观最接地气的精品力作"。

这种文化的整体性,体现在时间制度上,就是二十四节气;体现在人类生命力的保持上,就是顺应二十四节气,正所谓:"人法地,地法天,天法道,道法自然。"如果用一个字来概括,就是"中"。

二〇二二年,我和宁夏日报社合作,用一年的时间录制了二十四节气的节目,播出后反响很好。让我高兴的是,我们的节目和北京冬奥会同步,同一天播出。我跟剧组说,这次录制,我们尽可能挖掘一些观众"百度"不到的内容,侧重开发有助于人们应对现代性困境的功能。

在我看来,二十四节气是中华先祖对子孙后代的祝福,也是对人类的祝福。这种无比美好的祝福,蕴藏在穿越时空的精妙编程里。

二十四节气是天文编程

二十四节气,是我们的祖先通过观察太阳周年运动形成的时间体系,是先民们认知一年中时令、气候、物候等变化规律所形成的完整智慧体系。"春雨惊春清谷天,夏满芒夏暑相连。秋处露秋寒霜降,冬雪雪冬小大寒。"这首《二十四节气歌》,我们从小就会背。

在写作长篇小说《农历》的过程中,我越来越清晰地认识到,二十四节气是"天文"和"地文"牵手形成的"人文"。它来自中华先祖最为现实的农业需求,那就是,什么时间播种,才能得到最好的收成。特别是黄河中下游一带的人民,一年只有一次播种机会,如果没有二十四节气的"导航",就很可能因为走错"时间路线"而使庄稼歉收。

农民最清楚,哪怕你错过一天的播种时间,收成都会跟别人差得远,更不要说是半个月。同一人家的两块田,一块长势好,一块长势不好,我问父亲为什么。他告诉我,长势不好的那一块,是因为迟种了一天。

二十四节气的神奇,体现在它的精准。

有过农村经历的人都有感受,二十四节气就是我们的人生,因为我们就是跟着这一条时间线长大的。"清明前后,栽瓜点豆",这两天老爹老娘就忙着播种了。"麦在地里不要笑,收到囤里才牢靠",那种虎口夺粮的争分夺秒,真是一种极限体验。

我们的祖先,为了准确授时,"仰则观象于天,俯则观法于地,观鸟兽之文与地之宜,近取诸身,远取诸物","终日乾乾,与时偕行",日复一日,年复一年,不敢稍差分毫,才确立了天、地、人的对应关系,绘制出中华民族沿用几千年的时间地图。

中国人为什么那么熟悉二十八宿?因为要用它来反观大地,指导人生。初昏时,北斗七星的斗柄东指,天下皆春;南指,天下皆夏;西指,天下皆秋;北指,天下皆冬。如此确定的时间制度,最后就变成了历法,最后确立为农历。

正是农历精神,让人们"与天地合其德,与日月合其明,与四时合其序",从而建立了"天格""地格""人格"的对应关系,成为中华哲学、文学、美学的基础,也成为政治学、经济学、社会学的基础,更是医学、养生学、生命学的基础。

"仰以观于天文,俯以察于地理,是故知幽明之故。"二十四节气,正是这种"幽明"的工具化。

这种仰观催生了古代中国十分发达的天文学。祖先们用圭表度量日影长短，确立了冬至、夏至；然后通过数学推算，将太阳运行一年的时间分成二十四等份，确立了每一个节气的节点。

有了精准的观象授时，就有了精确的播种。有了精确的播种，就有了农业的发达。有了农业的发达，就有了足够的粮食。有了足够的粮食，就有了人口的增长。有了人口的增长，就有了人文的兴盛、文明的发达。

《逸周书·时训解》详细记录了七十二候，西汉《淮南子·天文训》也详细记录了二十四节气。

五日为一候，三候为一气。每一候都有动物、植物、天气等随季节变化的周期性自然现象，称为"物候"。比如芒种，一候螳螂生，二候鵙始鸣，三候反舌无声。比如夏至，一候鹿角解，二候蝉始鸣，三候半夏生。同一物候因季而变，从"雷乃发声"到"雷始收声"，从"蛰虫始振"到"蛰虫坯户"，从"玄鸟至"到"玄鸟归"，等等。

农家的《审时》(见《吕氏春秋》)把"天人合一"在农业中的应用技术化，让二十四节气和农业充分对应。秦汉时期的重农抑商思想，又为二十四节气提供了强大的政策支持，让它走入百姓日常。

今天，发达的气象学也没能完全取代二十四节气在农业中的作用，播种、除草、收获、耕地、养墒，人们仍然要翻老黄历。在我的心目中,老黄历除了具有实用价值,还有一种特别的诗意和浪漫。我在写长篇小说《农历》的时候,小时候父亲在阳光下读黄历的景象,就一次次浮现在我的眼前。

父亲在黄土地上劳作的一生,又何尝不是一部老黄历。他年年岁岁面朝黄土背朝天辛苦劳作的身影,让我无数次地想起《周易》的核心要义:厚德载物,自强不息。

二十四节气是人文编程

把长篇小说《农历》写完,我就认定,人文是天文的投影。比如,自强不息的精神正是古人在不间断地观测天象中发现并演绎的。古人在观测天象的时候看到天体运行不息,赋予其人文意义,就是乾卦的核心精神——自强不息。

既然人文是天文的投影,那么,按照天文去生活,就会趋吉避凶,吉祥如意。

为此,我们的祖先对人文进行了系统性编程,正是这种充满智慧的编程,催生了二十四节气活的哲学。变易、简易、不易,阴阳、消长、运化,全在其中。"冬至一阳生""夏至一阴生""万物负阴而抱阳,冲气以为和"。在古人看来,"气"既是生命的存在状态,又是存在方式。这种状态和方式,体现在节律上,就是"节"。其目的,就是保证"中",保证"和"。对应在人文上,就是《中庸》讲的"喜怒哀乐之未发,谓之中;发而皆中节,谓之和。中也者,天下之大本也;和也者,天下之达道也。致中和,天地位焉,万物育焉"。

这种中和哲学,让中华民族避免了非黑即白、非白即黑的简单思维,让人们学会在阳中找阴、阴中找阳。道家用太极图来表达,儒家用中庸之道来阐述。体现在国家治理上,就是德法并重;体现在人类学设计上,就是构建人类命运共同体。

而天文对人文的最大启示,就是整体性。在拙著《中国之中》里,我用大量的篇幅阐述了中华文化整体性对人类走出困境的现实意义,阐述了"凡是人,皆须爱"的道理。因为"天同覆,地同载",人文源于天文,而天地展现给人类的,就是整体性。

既然天地是一个整体,那么,爱人就是爱己,伤人就是伤己。

历史上,我们曾想用法律手段废除农历,结果没有成功,因为农历更符合中国人的认知方式、思维方式、行为方式,更符合中国人的整体观。最后,就默许农历、公历两套历法并行。

古人之所以把春分跟秋分神化,认为它们是天上的两尊神,春分祭日,秋分祭月,就是因为他们观测到,这两天昼夜等长。作为二十四节气的原始坐标,它奠基了中国人的思维方式,就是处处"找中"。

这种"找中"的思维方式,让中华民族秉持辩证思维,不走极端。在极阳的时候马上想到阴,在极阴的时候马上想到阳。处于优势马上想到劣势,处于劣势马上看到优势。

近来,人们常常为一些全球性事件争论得不可开交。看起来双方都有道理,如果不用"找中"的思维观照,是很难判断孰对孰错的。在"找中"的视角里,我们会发现,地理之间的较量,其实是文化较量。先哲早就说过,"道不同,不相为谋"。夫妻之间价值观不同都要离婚,何况两个国家。

当年,尧禅位于舜的时候说:"咨!尔舜!天之历数在尔躬,允执其中。四海困穷,天禄永终。"什么意思呢?就是说,我把这一套极其高明的历法传给你,你要用它来找到那个"中",好好为百姓服务,如果天下百姓陷于贫困,上天赐给你的禄位就会永远终止了。可见,中道思维来自天文。可见,真正的服务是天文服务、历法服务,真正的管理也是天文管理、历法管理,因为它是天地中介。

正是这种独有的时空系统,促进了中华民族的大一统,而分裂意味着进入不了这套历法系统。

这种"找中"的哲学用在养生上,就是平衡。抑制旺的一方,扶持弱的一方。为此,古人讲,春不食肝,夏不食心,秋不食肺,冬不食肾,四季不食脾。

春天养生,就要多支持脾脏。因为春天对应着肝,肝属木,木克土,脾属土。怎么保呢？多吃和脾土对应的黄色食物,比如小米、番瓜、豆芽、生姜、香椿等。从味觉上讲,酸味入肝。所以,春天要少吃酸,因为酸入肝,会让肝火旺。这时,要适当增加甜食,因为甜味入脾。

这种"找中"的哲学,让中国人特别注重天人合一。天人合一让中国人学会随缘,顺其自然。因此,人要节制自我,不应与节律对抗,因为整个宇宙给我们展现的就是顺,就是应。人是宇宙的一分子,因此,只有"顺",才能"合";只有"合",才能吉祥如意。

如何来"合"？顺应节气。比如春天,《黄帝内经》讲:"春三月,此为发陈,天地俱生,万物以荣;早卧早起,广步于庭。被发缓形,以使志生;生而勿杀,予而勿夺,赏而勿罚,此春气之应,养生之道也。逆之则伤肝,夏为寒变,奉长者少。"

孔子师徒赞赏的"莫春者,春服既成,冠者五六人,童子六七人,浴乎沂,风乎舞雩,咏而归",正是"早卧早起,广步于庭。被发缓形,以使志生"。

"生而勿杀,予而勿夺,赏而勿罚,此春气之应,养生之道也。"这句话告诉我们,春天要少吃荤性食品,要多给予,多奖励。在古人看来,宰杀动物时,人要先动杀心,而杀心引动杀机,伤害生机。人要健康,就要长养生机。

春三月,"天地俱生",焉能杀也？因此,在古代,即使罪大恶极的死刑犯,也不在春天处决。这个时候,哪怕是一根杨柳也不能轻易折断。

我在讲二十四节气的时候特别注重这一点。不少地方,清明这天有插杨柳的习俗,我选择不讲,因为它有悖于《黄帝内经》的观点。习俗要有选择性地讲,移风易俗。

比如夏天,《黄帝内经》讲:"夏三月,此谓蕃秀。天地气交,万物华实。夜卧早起,无厌于日。使志无怒,使华英成秀。使气得泄,若所爱在外。此夏气之应,养长之道也。逆之则伤心,秋为痎疟。奉收者少。"因为太热,所以贪凉,而贪凉,阳气无法宣泄,湿邪就被闭在体内,秋天就会得疟疾。

热的时候充分经受热,冷的时候充分经受冷,此谓自然。"人法地,地法天,天法道,道法自然",养生的最高境界,就是这个"自然"。而二十四节气,就是中国人的"自然课表"。

二十四节气是幸福编程

在写长篇小说《农历》的过程中,有一天,我突然意识到,大地回春,桃红柳绿,细想,都是温度在背后操盘。每一抹绿色回到人间,每一朵蓓蕾绽放,细微的变化之处,其实就是天地间的阳气增加了一点点。而这增加的阳气,其实就是阳光的增量。而阳光的增量,来自阳光到达地球的角度增量。这个角度,又来自地球环绕太阳公转的"节律"和地球本身的"姿态"。这个"节",这个"态",对应在大地上,就是"气"。我们都知道,地球是"斜着身子"绕太阳公转的。正是这渐渐"直起来"的阳光让大地春意盎然、生机勃勃。

正是这一发现,让我生出许多执念:买房子,总要选择靠东面的、向阳的;食材,总要选择地上的、旱作的、扶阳的,比如小麦、小米、薏米、山药、生姜、番瓜、九蒸九晒的黄精、花生等;抽空艾灸,每晚泡脚,即使出差,也要带着脚盆。

正是这一发现,让我联想到,在人间,我们能感知的爱和温暖都来自太阳,包括月辉。既然一切都来自这个"太",这个"阳",那么,我们就要向太阳学习,"与日月合其明"。

细细体味"合"的感觉,就会对"奉献"二字有新的认识。太阳的存在就是燃烧,就是奉献。当年,父母师长如是教诲,我有些不理解,只是把它写进《农历》里。不惑之年,自己开始做志愿者,有些能够理解了。

我把我所写的,变成所做的。每天脑海里全是要帮的人和方案,没有时间焦虑和忧伤,也没有时间自私和自利。那种忘我的幸福,超过拿任何奖,获任何利,得任何名。

这才明白,活着的意义就是奉献。

想想二十四节气,从立春到大寒,天地要保障所有生命的生存,就得提供空气、水、食物,而这些保障生命的东西,都

中国之美　013

是天地免费为我们提供的。

我一直在琢磨"谷雨"这个词。大家都在讲,"雨生百谷",却忽略了"谷养百姓"。这谷物,是谁创造的?为什么它要牺牲自己,养活人类?

常常有人问我,你为什么要去救助那些孩子,帮助那些家庭?我常常会以笑作答,但在内心,不免自问,为什么?有一天,当我琢磨"谷雨"二字,想到"这谷物,为什么要牺牲自己,养活百姓"时,我一下子明白了。

这,也许就是天造地设,就是本性。一下子,我就明白了《大学》为什么开篇要讲"大学之道,在明明德,在亲民,在止于至善"。何为"明德"?何为"至善"?"亲民"而已。我也明白了《论语》开篇为什么要讲"学而时习之,不亦说乎?有朋自远方来,不亦乐乎?人不知而不愠,不亦君子乎?",学什么?学天地精神,学日月精神。习什么?习天地精神,习日月精神。如此,才能"说"。只有这种天地精神、日月精神绽放的"说",才会感召远方之朋;也只有这种会通了天地精神、日月精神的"说",才会"人不知而不愠"。试想,如果天地和日月听不到赞美就沮丧,就收回它的光明,那就不成其为日月了。

突然间,我又对"人法地,地法天,天法道,道法自然"有了新的体会。这个"自然",就是本然,就是一种没有缘由的爱和奉献。

渐渐地，我就懂得了什么叫自在。没有自然，很难自在。我也理解了什么叫自信。没有自在，就没有自信。

中华民族是一个自信的民族，跟我们的自在文化有关。

但凡自在的文化，都是可以经过时间检验的，比如二十四节气。

"春有百花秋有月，夏有凉风冬有雪。若无闲事挂心头，便是人间好时节。"无门慧开禅师的这首偈，真是把自在文化讲到家了。全然地享受过程，享受生命的每一个"现场"，正是幸福学的真谛所在。

古圣先贤给我们开出的幸福学教程是活在"现场里"，要让全过程的每个"此刻"都幸福。古人晴耕雨读的生活方式是智慧，使他们活在一种耕读的诗意里，活在农事诗的狂欢里。而现在有多少人，耕也没了，读也没了，每天活在一种"概念幸福"里，活在信息狂流里，活在手机里、网络里。渐渐地，生命的"实在感"丧失，"现场感"丧失，焦虑就找上门来了，抑郁就找上门来了。

由此，国家把教育由"德智体"扩展为"德智体美劳"，是非常英明的。

二十四节气中的时间是活的，有生命、有温度的，能够呼吸的。它让天、地、人、物的关系人格化、审美化，也让中华文化有了可感可亲的烟火气。

一度,我们的"自然时间"完全被"效率时间"代替,风声雨声离开了我们的生活,鸟语花香离开了我们的生活,天长日久,我们就被一种巨大的冰冷包围,包括青少年。

后果是什么,大家都清楚。中国社科院发布的数据,高中生的抑郁症检出率已经高达四成。我这些年走访一些高校,部分院系的研究生抑郁人数比例已相当高。当然,抑郁症的成因复杂,不能一概而论,但现代家庭教育、学校教育、社会教育渐渐走出古典教育的晴耕雨读,远离了整体性、自然性、系统性,是一个重要的原因。

由此可见,二十四节气本身就是先人的教育编程,它不但是我们的认知方式,也是思维方式,更是行为方式,当然也决定着我们的学术范式。

二十四节气是大教育。

这农历,这二十四节气,不正是先祖们的天文编程、人文编程、教育编程、幸福学编程,甚至是人类学编程吗?

大年本身是余庆

一次年会上,主持人突然提议,让我在红宣纸上给大家写对联,就是拙著《农历》中六月父亲给乡亲们写的那些,"三阳开泰从地起,五福临门自天来""天增岁月人增寿,春满乾坤福满门"之类。写完,大家开始用这些对联组装节目,特别有年味儿。看着年轻人在模拟过大年,我的思绪就回到了童年。

老家的讲究是,贴好对联,就去坟上请祖先。

一家或一族的后人们向着自家的祖坟走去。阳光温暖,炮声震天,在宽阔绵软的黄土地和黄土地一样宽阔绵软的时间里,单是那种不疾不徐的散漫行走,就是一种享受。一般说来,坟院都在自家的耕地里。宽阔、大方、从容,让你觉得那坟院就是一幅小小的山水画,而辽阔的山地则是它的巨幅装裱。说是坟院,其实没有院墙,区别于耕地的,是其中的经年荒草,还有四周的老树,冠一样盖着坟院,让那坟院有了一种家的味道。坟院到了,一家人跪在经年的厚厚的陈草垫上,拿出香表和祭礼,焚香、烧纸、磕头,孩子们在一旁放炮,那是一种怎样的自在和安然！且不管祖先是否真的随了他们到家里来过年，请祖先的人已获得一份心灵的收成。

在老家，每年全村的对联都是父亲写的，后来父亲把衣钵传给我。有一年我因病没有回家，村里人就只好买对联贴了。第二年再回去，乡亲们又买了红纸让我写。我说，买的多好看啊，也省事。他们说，还是写的好，真。一个"真"字，让我思绪万千。现在，也只有在乡下，老乡们才认这个"真"。其实我知道，我那些蹩脚的字，并没有买来的好看。那么这个"真"到底指的是什么呢？

再说请灶神。随父亲上街办年货，我发现父亲买别的东西叫"买"，买门神和灶神却用"请"。我问为什么。父亲说，神仙当然要请。我说，明明是一张纸，怎么是神仙？父亲说，它是一张纸，但又不是一张纸。我就不懂了。父亲说，灶神是家里的守护神，也是监察神，一家人的功过都在他的监控之中，等到腊月二十三这天，他会上天报告一家人一年的功过得失，腊月三十再回来行使赏罚。父亲还说，这请灶神是有讲究的，灶神下面通常画着一狗一鸡，那鸡要向屋里叫，那狗要向屋外咬。仔细看去，确实有些狗是往外咬的，有些是往里咬的，就看你家厨房在东边还是西边。还有那秦琼和敬德，一定要脸对脸。我问，为什么一定要脸对脸？父亲说，脸对脸是和相，脸背脸是分相。贴灶神也有讲究，一定要贴得端端正正，灶神的脸还要黄表盖着,不能露在外面,不然将来进门的新媳妇不是歪嘴就是驼背。这样,当我再次走进坐了灶神的厨房时,一股让人敬畏的神秘气息就扑面而来。

腊月三十天一亮,父亲让我们做的第一件事是拓冥纸,先把大张的白纸裁成书本宽的绺儿,用祖上留下来的刻着"冥府银行"的木板印章印钱。我小的时候非常不耐烦,及至成人,觉得一手执印,一手按纸,然后一方一方在白纸上印下纸钱的过程真是美好。不知从什么时候起,开始有了机印的冥钱,但父亲还是坚持用手印。有时来不及了,哥就拿出祖父传下来的龙圆(一种上品银圆),夹在白纸里用木桩打印纸锭。父亲虽然脸上不悦,但终没有反对。纸锭虽然讨巧,却总要比从大街上买的那些花花绿绿好得多。

一进腊月,父亲就带着我们做炮了。父亲先用木屑、羊粪、硝石、硫黄一类的东西做火药,然后用废纸卷大大小小的炮仗,剩下的火药装在袋子里,侍候铁炮。铁炮有大有小,小的像钢笔一样细,大的像玉米棒子那么粗,尾部那儿有个眼儿,用来穿引信。过年了,小子们差不多每人手里都有一个沉沉的铁炮。村前的空地上,一排排铁炮整装待发。小子们先把火药装在炮筒里,用土塞紧,然后点燃引信,人再跑开,捂着耳朵等待那一声来自大地深处的闷响。父亲还给我们用钢管做长枪,用车辐条做碰炮。长枪大家知道,和当年红军用的那种差不多,只不过比例小一些。碰炮,就是把一个车辐条弯成弓形,在弓尾挽上橡皮筋,橡皮筋的另一头拴着半截钢条。这种碰炮不用火药,用的是火柴头,把几个火柴头放在辐条帽碗里,用钢条碾碎,然后把系在皮筋上的钢条塞在辐条帽碗里,拉长的皮筋起到了用拉力把钢条撬在辐条帽碗里的作用。这样,你的手里就是一张袖珍的长弓,然后高高举起,把钢条向砖上一碰,就是一声脆响。现在想来,那时的父亲真是可爱,在那么贫穷的日子里,在五两白面过年的日子里,居然有心思给我们做这一切,他的开心来自哪里?

一进腊月,父亲就早早让我们裁窗花。用纸搓针,把上年的花样钉在一沓新买的红黄绿三色纸上,衬了木板,然后照着花样裁窗花。刀子从纸上噌噌噌地划过,一绺绺纸屑就从刀下浪花一样翻出来,那种感觉,真是美好,更别说看着一张张窗花脱手而出的那种喜悦了。父亲还教我们画门神,画云子(一种往房檐上挂的花饰,我不知道父亲为何把它叫"云子"),包括给戏子打脸。

男人们过年的时候,女人们大多在厨房里煮骨头,收拾第二轮年夜饭。给孩子们散糖果、发压岁钱一般都在第二道年夜饭上来时进行,论时辰应该是亥尾,晚上十点半左右。因此,十点半之前的这段时光,男人们就像茶仙品茗一样,陶醉而又贪婪。

吃完长面后,应该是品尝那段静好的时间了。在老家,为了把这段静好延长,由我带头,把贴对联的时间一再提前,后来干脆一大早就开始贴了。依此类推,上坟的时间也提前了。有时如果效率高,赶得快,那段无所事事的静好就从黄昏开始。按照习俗,一般情况下,只要大门上的秦琼、敬德贴好,黄表上身(把黄表纸折成三角,贴在神像上方,意为神仙已经就位),别人就不到家里来了,即便是特别紧要的事,也只能隔着门说。这种约定俗成的禁入要一直延续到第二天早上行过"开门大礼"才算结束,就是说,这是一段纯粹属于自家人的时光。

再想祖母生前的一些恪守,比如饭前供养、不杀生、不浪费、施舍、忍辱、随缘、无所求,等等,敬意不禁油然而生。父亲说,这人来到世上,有三重大恩难报:一是生恩,二是养恩,三是教恩。因此,他的师父去世后,师母就由父亲养老送终,因为师父无后。当年我们是那么地不理解,特别是在那吃了上顿没下顿的日子里,他却拿最好的衣食供奉师母,就连母亲也难以理解。现在想来,父亲真是堪称伟大。

第二道年夜饭的主菜是猪骨头。我们家因为祖母信佛,父亲又是孝子,尊重祖母的信仰,也就变着花样做几道素菜。妻子征求儿子意见,干脆把这个环节省掉了。但压岁钱是要发的,虽然要比老家散的多得多,可儿子却丝毫没有几个侄子从我手里接过压岁钱的那种开心,手伸过来了,眼睛还在电视上。

老家也有电视了,这多少对那段静好有些影响,但深厚的年的底蕴还是把电视打败了,大家还是愿意更多地沉浸在那种什么内容也没有,又什么内容都有的静好中。说到电视,思绪就不停地往前滑。平心而论,有电是好事,但在没有电之前的年却更有味儿。想想看,一个黑漆漆的院子里亮着一盏灯笼,烛光摇曳,那种感觉,灯泡怎么能够相比?再想想看,一个伸手不见五指的村子里,一盏灯笼像鱼一样滑动,那种感觉,手电怎么能够相比?假如遇到雪年,雪打花灯的那种感觉,更是能把人心美化。

刚才说过,尽管有了电视,有了春晚,但老家的孩子却没有完全被吸引。吃过第二道年夜饭,他们就穿着棉衣,打着手电,拿了香表和各色炮仗,到庙里抢头香了。几个同敬一庙之神的村子叫一社,那个轮流主事的人叫社长。说来奇怪,那一方水土看上去极像一个大大的锅,那座庙就在"锅底"的沟台上,但是这并没有限制"锅"外面的信众翻过"锅沿"来敬神。特别是那个灯笼时代,一出村口,只见"锅"里的、四面"锅沿"上的灯火齐往庙里涌,晃晃荡荡的,你的心里就会涌起莫名的感动。如果遇到下雪,沟里路滑,大家就坐在雪上往沟底里溜,似乎那天的雪也是洁净的,谁也不会在乎新衣服被弄脏。

然后,一方人站在庙院里,静静地等待那个阴阳交割的时刻到来。通常在春节联欢晚会主持人宣布新年的钟声敲响的时刻,庙里的僧俗两众就一齐点燃手里的香表。这里不像大寺庙那么庄严,大人的最后一个头还没有磕完,一些胆大的小子们已经从香炉里拔了残香去庙院里放炮了。这神仙们也不计较,仿佛爷爷宠着淘气的孙子似的,乐呵呵地看着眼前造次的小家伙们。不多时,香炉里的残香都到了小子们的手里,变成一根根魔杖。只见魔杖指处,火蛇游动,顷刻之间,整个庙院变成一片炮声的海。现在,窗外也是一片炮声的海,但怎么听都让人觉得是假的。想想,是这高楼大厦把这炮声给割碎了,不像在老家,炮声虽然闲散,却是呼应的、聚合的。还有一个不像的原因,就是这小区不是院子,再好的炮声也让人觉得是空旷的。

小子们放炮时,有点文化的成年人则凑在庙墙下欣赏各村人敬奉的春联:"古寺无灯明月照,山刹不锁白云封。""志在春秋功在汉,心同日月义同天。""保一社风调雨顺,佑八方四季平安。"……长长的一面庙墙被春联贴满。假如你是白天到庙里去,一定会远远地就看见一个穿着大红袍的老头儿蹲在那里。庙院里插满了题着"有求必应""威灵显应"一类的献旗,庙堂里"感谢神恩"一类的丝质挂匾堆积如山。

从庙上往回走的那段时光也非常爽。脚下是宽厚的大地,头顶是满天繁星,远处是隆隆炮声,心里是满满当当的吉祥和如意。上了沟台,坐在沟沿上歇息,你会觉得年是流动的,水一样汩汩地在心里冒泡儿。要是天天过年就好了,一个人说。人家神仙天天过年呢,另一个人说。目光再次回到庙上,觉得年又是茫茫黑夜中的一团灯火。

从庙上回来,一家人往往要同坐到鸡叫时分,由孙辈中的老大带领去开门,然后留一个人看香(续香火),其他人去睡觉。但也只是困一会儿,因为拂晓时分,长男还要去挑新年泉里的第一担清水,等太阳出山时全家人赶了牲口去迎喜神。再想想看,一村的人,一村的牲口,都会到一个被阴阳先生认定的喜神方向,初阳融融,人声嚷嚷,牛羊撒欢,每个人都觉得喜神像阳光一样落在自己身上,落到自家牲口的身上,那该是一种怎样的喜庆。一村人到了一块净土的正中间,只见社长香华一举,锣鼓消歇,众人唰地跪在地上。社长主香公祭。祭台上有香蜡,有美酒,有五谷六味,也有一村人的心情。社长祷告完毕,众人在后面齐呼"感谢神恩",然后五体投地。牲口们也通灵似的在一边默立注目(更有意思的是,有一年,在大人们叩头时,有一对小羊羔也跟着跪了下来)。

那一刻的情景,让人觉得天地间有一种无言的对话在进行,一方是大有的赏赐,一方是众生的迎请。一个"迎"字,真是再恰当不过。立着俯,跪着仰,正是这种由慈悲和铭感构成的顺差,让岁月不老,大地常青。现在想来,那才是原始意义上的祝福。礼毕,大家都不会忘记铲一篮喜神方向的土带回家去,撒在当院、灶前、炕角、牛圈、羊圈、鸡栏、麦田菜地、桃前李下。

大年初一的早上,通常是吃火锅。那火锅和现在城里人用的火锅不同,是祖上留下来每年只用一次的砂锅。说是砂锅,又和现在饭店里的那种砂锅不同,中间有卤灶,四周有菜海,卤灶中装木炭火,下面有灰灶。木炭把年菜熬得在锅里叫,就菜的是馒头切成的片儿,那种放在嘴里能化掉的白面馒头片,热菜放在上面一酥,你就知道什么叫化境了。菜的主要成员是酸菜、粉条、白萝卜丝,主角是酸菜,一种母亲在秋天就腌制的大缸酸菜。现在一想起它,我就流口水,那种甘苦同在的酸,只有母亲能做出来。

初一下午的那段时间也不错。记忆中永远是懒洋洋的阳光,就像那阳光昨晚也在坐夜,没有睡好的样子,现在虽然普照大地,但还在睁着眼睛睡觉。我和哥走在那种睡觉的阳光里,去找那些长辈和填了三代的人家拜年。一般来说是按辈分先后走动,但最后一家往往是我们爱去的地方。因为我们会在那家坐下来,喝着小辈们炖的罐罐茶,吃着小辈媳妇端上来的甜醅子,有一搭没一搭地说着在心里存了一年的闲话,直到晚饭时分。不知内情的人会想,这家肯定是村里的大户人家,其实情况恰恰相反,他是我的一个堂哥,论光阴是村里最穷的,但他却活得开心,永远笑面弥勒似的,咧着个大嘴,让人觉得没有缘由地亲,没有缘由地快乐,没有一点隔膜感。堂哥自己虽然穷,却不抠门儿,假如有什么好东西,往往留在这天让大家分享。大家都愿意上他家的那个土炕,无论是大人还是小孩。大半村的人,炕上肯定坐不下,小子们就只能围了炉子坐在地上。通常情况下,炕上的大人在谝闲,地上的小子们在打牌。有时我们干脆不回家吃饭,一直打牌,堂嫂就给我们做大锅饭。吃完大锅饭,我们接着打牌。堂嫂就把馒头笼子提了来,放在牌桌下,谁饿了只要一伸手就可以解决问题。父亲说,奶奶活着时,这时节,一村人差不多都围着奶奶过。奶奶去世后,这坛场就转到堂哥家去了。

　　节目演完了,大家举着"向阳门第春常在,积善之家庆有余"的对联合影,才把我从童年的记忆里拉回来。我想,这年年岁岁对年的回味,不就是余庆吗?

世界上最美的夜晚

在我看来,除夕,是世界上最美的夜晚。

当然,是童年的。

老家的讲究是,上坟回来,就门禁了。感觉里,整个世界一下子浓缩在自家的院子里。

父亲带着我和哥去上坟时,母亲已经把院子和房间打扫干净了。回来,父亲在供桌前点香行礼,我和哥跟在后面。大红纸"三代"坐在桌子后边的正中央,前面的红木香炉里已经燃了木香,木香挑着米粒那么大的一星暗红,暗红上面浮着一缕青烟,袅袅娜娜的,宛若从天上挂下来的一条小溪。左右两边的红木香筒里插满了木香,像是两朵黑喇叭花,又像是两支就要出发的队伍。香炉前面已经摆好了献饭。献饭当然是用最好吃的东西做的,是我们平时渴望不到的。但是现在,我却一点儿没有生出馋来。献饭左前是一沓纸钱,右前是一个蜡台,上面已经插了蜂蜡。黄黄的蜂蜡顶着一朵狗尾巴花一样的火苗,仿佛爷爷不在那缕香烟上,就在这烛火苗上。

点完香,我们竟不知道接下来要干什么,就从厢房到上房、从上房到厢房地跑。天色暗了下来,院里像是泊着一层水,新衣裳发出的光在院里留下一道道弧线,就像鱼从水里游过,我仿佛听到鱼从水里游过时哗哗的响声。我跟在哥身后跑着,有点莫名其妙,但我没有理由不这样做,我想哥之所以要这么跑,肯定有他的道理。

哥在上房停下来,我也在上房停下来,影子一样。坐在炕头上抽烟的父亲微笑着看了我们一眼,没有说话,只是看了我们一眼,一脸的年。桌子上的蜂蜡轻轻地响着,像是谁在小声地咳嗽;炕头的炉火哗哗飘着,映红了父亲的脸膛……

那个美啊!

母亲喊哥端饭。哥"哎"地应了一声,跑出屋去;我"噢"地叫了一声,飞出屋去。母亲正把筷子伸到锅里往出捞长面。我们的目光跟着母亲手里的筷子落在碗里,只见母亲前折一下,后折一下,再前折一下,最后由臊子苫面。哥问母亲,现在可以端了吗?母亲说,先去泼散吧。我们这才看见母亲早已把散饭舀好了。

我说,我去。话音未落,我已端了碗飞到大门口把散饭泼出去。大概泼出去的散饭还没有落地,人已经站到厨房地上,声音先进去:现在可以端了吧?母亲说,先去献了。我又端了一碗在供桌上献了。

下一碗哥端给父亲。父亲说,等你娘来了一块儿吃。我们就到厨房去叫母亲。母亲说,我正忙呢,你们先吃吧。我一把拽了母亲的后襟子,把母亲拽到上房里。父亲说,年三十嘛,一块儿吃吧。

夜色落下来时,一家人坐在炕上给灯笼贴窗花。哥要贴"喜鹊戏梅""五谷丰登"和"百鸟朝凤"。可是我不喜欢,我挑的全是猫狗兔。哥说,猫狗兔有啥看头呢。我说,我就觉着猫狗兔心疼。父亲说,把你们二人挑的各样贴一些。说着,我已经把挑好的猫狗兔贴在父亲裁好的白纸上,然后再把白纸往灯笼上贴,不想给贴反了。父亲说,贴窗花的那面应该在里面。我问,在里面人咋能看得见?父亲说,灯一打就看见了。我说,灯咋这么能? 哥说,灯就是光明嘛。

把油灯放在里面,灯笼一下子变成一个家。坐在里面的油灯像是家里的一个什么人,没有它在里面时,灯笼是死的;它一到里面,灯笼就活了。我们把灯笼挂到院里的铁丝上,仰了头定定地看。灯光一打,喜鹊就真在梅上叫起来,把我们的心都叫碎了;而猫狗兔则像是刚刚睡醒,要往我们怀里扑。

一丝风吹过来,灯花晃了起来。就在我们着急时,灯花又稳了下来,像是谁在暗中扶了一把,让许多感动从我们的心里升起。在灯笼蛋黄色的光晕里,我发现,整个院子也活了起来,有一种淡淡的母亲的味道。

我们在院里东看看,西看看,每个窗格里都贴着窗花,每个门上都贴着门神,门神头顶粘着折成三角形的黄表。父亲说,门画没有贴黄表之前只是一张画,贴上黄表就是神了。

现在,每个门上都贴着门神,让人觉得满院都是神的眼睛,随便一伸手就能抓到一大把。

哥叫我去外面。家家门上都是"天增岁月人增寿,春满乾坤福满门",家家门墙上都是"出门见喜","出门见喜"的下边钉着一个用红纸折的香炉,里面插着木香。

我们挨着家门看了一遍,最后在村头的一个麦场里停下来。哥在场墙上蹲了,我也蹲了。我不知道哥蹲在这里干啥,又不好意思问,我想哥蹲在这里肯定有他的理由。

哥说,多美啊。我才知道哥蹲在这里是为了看美,也随着哥说,真美啊。

看了一会儿,哥说,我们回家吧,到坐夜的时候了。我说,回就回吧。

到了巷口,哥突然站住。我问,咋了?哥说,你看。我顺着哥的手指看去,就看到了小巷的腰身处有两排"红米",一直红到小巷的尽头,像是两排悄悄睁着的眼睛,像是谁身上的两排纽扣,又像是两列伏在暗处的队伍。

那是巷里人家插在大门墙上的香头。

我就觉得这巷道不再是一个巷道,而是另一个世界。

一家人坐在上房里,静静地守夜。

守着守着,我就听到了蜡烛燃烧的声音,越来越大,越来越大,最后就像糜地里赶雀的人甩麻鞭一样,啪啪啪的。

守着守着,我就听到了自己的心跳,越来越大,越来越大,最后就像是上九社火队的鼓声一样,咚咚咚的。

守着守着,我就看到了爷爷和奶奶,爷爷和奶奶也在守夜,静得就像是两本经书。

守着守着,我就看到了太爷和太太,太爷和太太也在守夜,静得就像是两幅年画。

守着守着,我就觉得时间像糖一样在一点一点融化。

守着守着,我就觉得那化了的糖水一层一层漫上来,先盖过我的脚面,再淹过我的膝盖,现在都快到我的腰了。

守着守着,我就发现那糖快要化完了,心里不由得紧张起来。

带我走出紧张和惆怅的是一声惊天动地的炮声,我知道,那是地生用差不多一整个腊月的时间制造出的土炮发出的声音。

我问父亲,你说人们为啥要守夜?父亲说,刚才你们没有体会到?我说,我就是想考一下你老人家,看你能说对路吗。父亲说,哈哈,这个考题出得好。守夜守夜,顾名思义,就得知道为啥要守夜。我问,啥叫顾名思义?父亲说,就是从名称知道这个词的含义。我说,那就是守着夜嘛。我是问,夜为啥要守呢?咋不守白天,偏偏要守夜呢?哥插嘴说,因为一夜连双岁,五更分二年。我说,谁不知道一夜连双岁,五更分二年。我是问,为啥要守夜?父亲说,你的意思我明白。你看那个"守"字咋写?我和哥就在炕桌上用手比画。父亲说,你看这"宝盖"下面一个"寸"字,就是让你静静地待在家里,一寸一寸地感觉时间。

一寸一寸地感觉时间,这正是我刚才的感觉,不想被父亲说出来了,而且是借"守"这个字。"守"这个字一定是造字先生在腊月三十晚上造出来的。我想。

自从有了春晚后,这种守夜的感觉就淡了。因此,我一直建议,能否把春晚提前或挪后一晚,让这世界上最美的夜晚,回到它的初心。

春节是中华民族的集体相约

一

这些年我一直在建议,把春晚提前或者挪后一晚上,把除夕夜让给人们守岁,让给纯粹的"守",就是纯粹地进入时间,进入空间,进入祝福。现在,四个小时的春晚一看完,守岁的感觉就没有了。

我在长篇小说《农历》里描述过吃完年夜饭之后的那一段时间,现在想来就像是童话。正如那个"守"字所会意的,时间在一寸一寸地过,我们在一寸一寸地守。

你都能感觉到时间的质地,非常紧张、非常安静。紧张的是你觉得时间马上要过去了,安静的是你能感觉出时间的芬芳。

夜深了,忙碌了一天的父母倚在炕角打盹儿,我和哥哥蹲在房台上看着院子里的灯笼。那是用我们自己剪的窗花做的,上面贴着"喜鹊啄梅"。如果遇到雪打花灯的那个夜晚,想想吧。

那是一种真正的天人合一。

那种感受一年只有一次,只有在除夕夜,一夜连双岁、五更分二年的那个特殊时刻,用整整一年盼来的那个特殊时刻。

那时,没有现代交通工具,没有现代传媒工具,人们对土地的感觉、对天地的感觉、对宇宙的认识更加有诗性。

在央视"一号线上"改编自拙著长篇小说《农历》的动画片《六月说过年》里,大家看到,大年初一是给本族人、本村人拜年,大年初二要去给岳丈家拜年。一大地的毛驴车,一大地的女婿都向岳丈家走去。那是一种脚踏大地的祝福,做女婿的,要双膝跪地,给岳丈岳母行礼。

二

"年"的意思是五谷成熟,是粮食对生命的润泽。但是现在来到我们面前的全是包装食品,食品和食物感觉是不一样的。食品是工业性的,食物是农业性的。

感情是需要时间提供热量的,甚至跟时间一体两面,失去了时间含量的祝福纯度就降低了。我们可以想象,在古代社会,一对恋人的相见,从南国到北国需要走半年时间,那个过程是刻骨铭心的。现在,一天就能飞过去,肯定没有当年那种相思的感觉了。同样,适当地放慢脚步,加一些时间含量进去,年味才会更浓。

每年春节,我都要去几位老首长家里坐一坐。谁都知道,他们并不缺那一份物质上的表达,但是你去坐一坐,喝喝茶,聊聊天,本身就是意义。就是说,这种走动本身就是意义,仪式感本身就是意义。

按照现代心理学的说法,仪式感里面本身就有能量。花朵离开了根就会枯萎,因此,过年也是连根养根。漂泊在天涯海角的游子,回到母亲的身边,回到故土,回到师长的身边,本身就是连根养根。

大年是乡土文明之树上开出来的花朵,乡土性保持得越好,年味就越浓。我这几年协助中央广播电视总台做了五百四十集纪录片《记住乡愁》,发现了同样的道理:乡愁味比较浓的地方恰恰是现代文明进入得比较晚的地方。随着社会的发展,那种诗性的、芬芳的、温暖的、带有泥土味的年味就没有生存的土壤了。大多数城里人,家里摆不下一张供桌。过大年如果不请祖先,没有那一炷香,没有那一张供桌,年的象征性、时空上的暗示性就没有了。有一张供桌,你就感觉到平常的屋子一下子有"年"了,因为有无数的祖先与我们同在。

现代心理学认为人的潜意识是永恒的。既然人的潜意识是永恒的,那么,祖先的潜意识也是永恒的。有了这样一个理解之后,年味就不一样了。

有一年,因为在电视台做春节节目,我没有回家过年,找不到年味的感觉让我特别失落。我在书房里摆了一张供桌,但还是找不到那个感觉。为啥?没窗花,就拿了一张彩色的报纸贴在窗子上,一下子有感觉了。

此外,看到人们在水泥马路上请祖先,显得很紧张,不像在老家,在漫山遍野的鞭炮声中,阳光懒洋洋地晒着,时光就像流动的黄金一样,在那种气氛中请祖先,感觉祖先真的在你的邀请中回到了那个小院。

三

我理解的年有两个层面:第一是物质层面的,享受物质的美好;第二是精神层面的,大年是中华民族的精神狂欢,是中华民族带有基因性的集体记忆,是祈福的演绎、感恩的演绎、敬畏的演绎、狂欢的演绎、教育的演绎。就拿教育来讲,一家人在祠堂里过年,颂祖德,育后人,教育子女荣耀祖先,为后代造福。想想看,当一家人把族谱打开,面对着祖先的名讳,感觉就不一样了。

被朱元璋命名为"江南第一家"的郑家,宋、元、明三代给国家贡献了七百三十位县令以上的大臣,却没有一位因为贪赃枉法被罢官,这和他们的严格家规有关。"子孙出仕,有以赃墨闻者,生则于《谱图》上削去其名,死则不许入祠堂。"谁还敢犯错误?在古代社会,一个人被从家谱上除名,相当于现在注销身份证;死了之后牌位不许进祠堂,意味着他将要成为孤魂野鬼,不能享受祭祀了。而这样的家规,每年过大年时,都要面对祖先诵读的。

如此,过大年成了对子孙后代天然的教育,成了提升子孙后代责任感的好机会。一年一年,在孩子内心种下了责任感、崇高感、使命感,过年就变成了激励。久而久之,孩子心中就会形成一种人生理想,"远思扬祖宗之德,近思盖父母之愆;上思报国之恩,下思造家之福"。

除了教育意义,过大年还有祈福的意义、给生命充电的意义、连根养根的意义,等等。

整体性是中国文化的重要特点,体现在操作性上,就是天人合一,而过大年,正是祖先按天人合一设计的。

为什么要按天人合一设计?为了让后代有安全感。

正如"安"字所显示的,孩子只有待在妈妈怀里,才有安全感。人们为什么过大年要不顾一切地回家呢?就是孩子往妈妈怀里奔跑的一种姿势,这就是回家潮。为什么要奔跑呢?因为他要寻找安全感,因为安全感是人的第一幸福感,没有安全感人会恐惧,而人恐惧就会有产生焦虑、抑郁的情绪。所以,好多人有这样的体会,回去在妈妈身边待一待,唠一唠,"电"就足了,一年的能量就够了。如果哪一年没回去,一年都感觉心里空落落的,没有力量。

外国人看中国人不顾一切地回家过年,很难理解。漂洋过海的中国人,一定要回到他的祖国,回到故土,回到母亲身边,其潜在驱动力,就是寻求安全感。

因此,我说,大年是中华民族的集体约会,跟祖先的约会,跟亲情的约会,跟祝福的约会,跟天地的约会,是别的时空代替不了的。

四

传统节日是乡土文化结出的果实,绽放的花朵,城市化肯定会冲击它,但是中国人骨子里流着乡土的血液,这种血液,是不会被钢筋水泥冲淡的。就像移民区的乡亲们,人虽然住进了洋房,心却依旧,看的仍然是秦腔,唱的仍然是大戏,即便是年轻人,微信朋友圈转发得最多的还是秦腔。

《记住乡愁》第四季播出的将台堡镇一集,非常巧合地拍到两位在外打拼的企业家,双双还乡,尝试在不离乡不离土的情况下,带领乡亲过上幸福日子。节目播出后,一时成为"还乡"的热点话题。从中,我们看到一个端倪:也许乡土性生活正在回潮,特别是当城市带给人的压力、焦虑越来越大,成为不可疗治之痛的时候。

传统节日受商业化干扰,这是事实,但只要文化主导方面倡导好引导好节日的认知意义、价值观意义、行为模式养成意义,特别是恢复中华民族礼乐文化的意义,商业再强大,也大不过人的本质需要。我把人生意义归纳为"物我""身我""情我""德我""本我"五个台阶,每高一个台阶,归属感、家园感、安全感、喜悦感就大为提升。商业显然是"物我"层面,是最低一层。当然,从金字塔理论看,"物我"的人总是占大多数,但从生命力角度看,台阶高一层,给人类提供的总体能量要大得多。美国心理学家霍金斯研究发现,一个生命能级在五百级的人,他的生命力是普通人的七十五万倍,他的幸福辐射力也是普通人的七十五万倍。因此,只要大地上懂节日文化、爱节日文化、行节日文化的人越来越多,自会有效地平衡商业化。

非常有意思的是,我在全国做文艺志愿者的几年里,发现许多企业家成了传统文化最积极的推动者和恢复传统节日文化的先锋。我一直在思考这个问题,后来发现,他们在"物我"走到头后,找不到兴奋点了。一些无人指引的人,往往会过起花天酒地的生活;一些有人引导的企业家,就会向上一个台阶攀登。他一旦尝到向上感带来的巨大喜悦,就会用物质换喜悦感,换崇高感,换安全感。

因此,我有一个基本判断:商业化不会很快降潮,只要选择精神性生活的人越来越多,传统节日就不会受到致命性冲击。

五

我经常会听到身边的一些人感叹"年味越来越淡了",他们问我怎么看待这个情况?对恢复和保护中华传统节日文化是否乐观?在政府层面可以采取一些什么样的政策和措施加以助力?我说,年味淡,最主要的原因是一百年来我们把传统文化搞丢了。皮之不存,毛将焉附,当祠堂、家谱、礼乐,这些要素的根被拔掉之后,年味的树木就无处开枝散叶了。

因此,要想让年味浓起来,就得让中华优秀传统文化重焕荣光。这一点,党和政府正在用力做,十九大报告中有相当多的篇幅都在讲这一点。习近平总书记在全国宣传思想工作会议上的讲话更进一步,连具体方式都给我们指出来了。

至于政府层面采取什么方式助力,我认为主要有几个方面:一是统一认识;二是深入宣传;三是加大投入;四是延长假期;五是重建祭仪;六是重建家道。

也有人说,传统节日日渐"消遣化",说起过节,第一反应就是中秋吃月饼,元宵是吃汤圆,端午吃粽子,只剩一些民俗常识，对此你有什么建议？我说，当人活在"物我"层面，节日就成为享受物质的借口；当人活在"身我"层面，节日就成为人们享受感官的理由；当人活在"情我"层面，节日就成为人们享受情感的平台；当人活在"德我"层面，节日就成为人格建设的机会；当人活在"本我"层面，节日就成为觉悟人生的契机。

古人看重的是生命的超越，换句话说，古人把活着的意义视为超越。用今天的话来讲，就是提高生命质量。因此，他们更加看重生命的弃恶为善、转迷为悟、了凡成圣，层层提升，是在纵坐标上做文章。但今天，文化方向是平面的，思维方式是平台的，成功学是平面的，幸福学是平台的，换句话说，是物化的。节日就成了放大物化的催化剂和酵母。

因此，要解决这个问题，我们就要树立文化自信，大力弘扬中华优秀传统文化。对此，我是一个乐观主义者。就我个人来讲，《寻找安详》能够八年十四次重印，《农历》能够八年十次重印，从一个方面反映了百姓对中华优秀传统文化的内生性渴望。我和央视合作的《记住乡愁》，四季播出，一反纪录片首季热再季冷的现象，一季比一季收视率高，也证明了这一点。换句话说，百姓已经尝到了传统文化缺失的苦头，现在到了传统文化重回大地的时候。这就像一个游子在外面转了一圈，累了，发现还是有娘在的地方温暖，还是娘做的手擀面最好吃。故乡之所以为故乡，是因为那里不但能安妥我们的身，更能安妥我们的心。

因此,只要我们把根救活,叶子就会绿起来,花朵就会红起来,果实就会结起来。

六

节日离不开美食,是因为感官享受是人最基本的享受。但节日美食,除去食用,更重要的意义是,人们以之表达对天地、对大自然、对祖先、对长者,特别是对劳作者的感恩和敬意。在拙著长篇小说《农历》中,十五个传统节日都有美食,但那个美食是精神化的、诗化的、天地精神化的。虽然《农历》有意淡去了具体年代,但主调是一个贫困的年代,而每个节日都有能把人"香炸了"的传统美食,就是因为每样美食被主人公节日化了、神圣化了、人格化了。其中"端午"一章,作为短篇小说发表,全票获得第四届鲁迅文学奖,我代表那届获奖作者在颁奖大会上发了言。后来该文被翻译到国外,人们也喜欢,特别是在韩国,一改他们短篇小说很难重印的历史,一印再印。而央视根据《农历》中"大年"一章改编的动漫《六月说过年》,就非常层次化地演绎了整个腊月的美食筹备。《记住乡愁》里面拍了许多各地的美食的制作情节,也是非常受欢迎。

好大一个年

送灶神

　　故乡的大年从腊八就开始了,到了腊月二十三,脚步就加快了。"腊月二十三,灶君老爷要上天,留下六七日,人间过小年。"后来才知灶神全称"东厨司命九灵元王定福神君",俗称"灶君""灶君公""司命真君""九天东厨烟主""护宅天尊""灶王",北方称他为"灶王爷"。灶神的起源可追溯到夏朝,到了商朝就已经被人们普遍供奉了。秦汉以前他更被列为"五祀"之一,和门神、井神、厕神和中溜神四位神灵共同负责一家人的平安。灶神之所以受人敬重,除了因为他掌管人间的饮食外,还因为他是玉皇大帝安插在人间的眼线。灶神左右随侍两神,一捧"善罐",一捧"恶罐",随时将每家人的行为记录保存于罐中,腊月二十三那天上天述职时集中向玉皇大帝报告。因此,腊月二十三有祭灶的年俗,有些地方则在腊月二十四进行,但不管哪天,都要给灶王爷供献糖果,就是希望灶神嘴甜一点,多在玉帝面前说好话,好让玉帝多多奖励主人家。

"上天言好事,回宫降吉祥。"古时候家家户户都要配灶神像,这副张贴在灶前的对联,说的正是这个意思。

举行过灶祭后,就要进入小年了,小年也叫"扫尘日""迎春日"。

> 家家来甜嘴,灶神肚里清。
> 玉帝一本账,且说吉祥经。
> 扫尽屋中尘,吉星自登门。
> 扫尽心中尘,五福自降临。

这是父亲当年教我们的歌谣。现在看来,送灶神是一个象征,有家就有灶,有灶就有神,有神就有监督在。因此,人们要以君子慎独的生命态度度过每一天。这样,自会得到天地的护佑,年年吉祥如意,代代五福临门,否则,即使给灶神供奉再多的糖果,也没有用。

年的味道

"小孩小孩你别馋,过了腊八就是年。"

但是真正进入年的味道,是腊月二十五。

二十五,打豆腐,一清二白最久久。
二十六,跟年集,糖果瓜子要备齐。
二十七,备年礼,请个先生来封包。
二十八,把面发,馒头蒸得笑哈哈。
二十九,做面祭,十二生肖真美气。

《左传》云:"国之大事,在祀与戎。"过大年,祀天地,祭祖先,就成了头等大事。而要祀天地,祭祖先,就要准备祭品,但是《礼记·王制》又言:"诸侯无故不杀牛,大夫无故不杀羊,士无故不杀犬豕,庶人无故不食珍。"渐渐地,人们就用面食做各种动物造型祭祀祖先,这就是面祭的由来。显然,这是中国人民胞物与精神的体现。这一天,家家案上一团面,人人手巧胜天仙。捏塑、染色、蒸制,整个过程就是一个字:美。想想看,一条长长的美的流水线;想想看,一盘盘五颜六色活灵活现的动物面祭,一层层被摆进蒸笼里。

出笼时,整个屋子里全是福气,甚至整个院子里都是天地和祖先赏赐的吉祥如意。

那些花花绿绿可爱的面祭,不但祖先喜欢,小孩子们更喜欢,因此,在祭完祖先之后吃祭余,就是孩童们最快乐的年节期待。

父亲说,祭祀天地祖先,关键是要心诚,所谓"东邻杀牛,不如西邻之禴祭,实受其福"。

现在才知,中国人的年味儿,其实是人情味儿,这种人情味儿里,有对天地的敬畏,有对祖先的感恩,有对生命的珍重。因为珍重,所以吉祥。

转丈人

老规程里,大年初二要转丈人、回娘家。就是做女婿的这一天要带着妻儿到岳父母家拜年。

想想看,一个女子,从呱呱坠地到长大成人,包含着多少父母的辛劳。可是,正当她有能力回报父母的时候,却离开了父母,为人妻,为人母,传人后,兴人家。对于娘家,这是怎样的一种舍;对于婆家,这又是怎样的一种得。

"桃之夭夭,灼灼其华。之子于归,宜其室家。"正是这些像桃花一样开遍大地的女子,在延续着一家又一家的命脉,也延续着人类的命脉。因此,初二转丈人,已不单单是女婿对岳丈岳母大人的回敬,而是一种天地伦常了。

作为中国年的一个经典节目——转丈人、回娘家,既展现了中国人无限的感恩情怀,也演绎着中国礼仪的深厚和美丽。一个"转"字,一个"回"字,让我们看到了中国人的柔肠,也隐约感受到一种天地的心事。写到这里的时候,我似乎看到,这一刻,在茫茫宇宙的顶端,有一位老人,正在俯身向下打量,那目光里,除了慈悲,还有自得。我似乎听到,这一刻,他老人家正在喃喃自语:孤家当年的创意,还不错吧。

想想吧,这一天,中华大地上,有多少条道路,有多少对小夫妻,走在回娘家的路上。

想想吧,这一天,中华大地上,有多少双眼睛,在望着大门口,盼着女儿女婿和外孙出现在他们的视线里。

年三十的饺子还留在锅里,给外孙准备的压岁钱还装在兜里,只等那一声清脆的"姥爷姥姥"传到耳边。

如果说大年初一是树干,初二就是它的枝了,通过一根根华枝,亲情在大地上延伸;如果说大年初一是心脏,初二就是血管了,通过一道道血管,亲情在大地上流淌。

初一祭祖,给本族长辈拜大年,天经地义。初二带着妻子回娘家,给岳父岳母大人拜年,地义天经。

给岳父岳母拜完年,接下来就要给所有亲戚拜年了,在中国的乡村,这将持续半个月,对于重礼守义的中国人来说,它的重要性不亚于春种秋收。就这样,人们通过大地,收获庄稼,通过走动,收获情义。

好大一个年

现在看来,大年初二转丈人既是对娘家无私奉献精神的礼赞,也是婆家的一次集体谢恩。生女不自有,有媳常念恩。这,就是人间之大美!当然,还是天地之大义!

祭财神

中国年俗中,南北方经常会有些差异。比如,北方地区正月初二祭财神,而南方是正月初五。这一天,家家户户要备上香烛供品到财神庙烧香祭拜财神,祈祷新年能够发大财。这一天还有吃馄饨的习俗,人们把它称为"元宝汤"。

现在,如果说财神的香火最旺,大概没有人反对。按说灶神是家神,保佑着一家人的平安,但很少有人天天供奉。为什么呢?人们求财的心比求平安的心要重得多。于是,人们在祭祖之后,最大的一个年节仪式,也许就是祭财神了。

民间供奉的财神不止一个,通常有文财神范蠡,武财神赵公明、关羽,准财神刘海蟾,以及偏财神五显,等等。武财神赵公明相传秦时得道于终南山,被道教尊为"正一玄坛元帅",其像是黑面浓须,头戴铁冠,手执铁鞭,坐骑黑虎,故又称"黑虎玄坛"。传说赵公明能驱雷役电,除瘟禳灾,主持公道,赐财赐福。《封神演义》载,姜子牙奉元始天尊之命按玉符金册封神,封赵公明为"金龙如意正一龙虎玄坛真君",职责是专司金银财宝、迎祥纳福。

关羽又是如何成为武财神的呢?有许多传说。我在《永远的乡愁》一书中说,这是中国人给以义为利的财富观选择了一位偶像。《大学》讲:"有德此有人,有人此有土,有土此有财,有财此有用。德者本也,财者末也。"意思是说,没有德的根,财富的花朵很快就会枯萎,没有义的源头,财富的河流很快就会干涸。

古时人们传唱的"财神本无亲,专寻有福人。福从何处来?来自大善心",就是说财神最喜欢把财富给大善人。财神,财神,财是果,根是神,神在哪里?神在善人的心里,这才是财神的本意。范蠡为什么被尊为文财神?就因他赚钱但不贪钱,赚了钱全捐给穷人,钱反而追着他跑,散尽复来,散尽复来,一生三散三聚。

相对于商人,普通老百姓家供奉的多是增福财神,传说他是北斗七星之一降临到人间的,白脸长须,左手执玉如意,右手捧聚宝盆,招财进宝。

而更多的老百姓认为,真正的财神是自己的祖先,因为子孙福自祖德来,祖上有德,子孙自然有福,有福当然就有财。

祖宗是快乐的源头、财富的源头、显贵的源头。如此说来,春节期间的祭祖,既是感恩,也是祈福,更是教育。我们能有今天的健康、今天的平安、今天的荣华富贵,是因为我们有一个"大后方",那就是祖宗功德。它告诉我们一个公理:荣华富贵是求不来的,只有舍,才能得。

  武有关老爷,文有范蠡公。
  财神无他路,专从善门进。
  善门因公开,财门由私闭。
  但知行好事,莫要问前程。

这首我小时候传唱的《财神歌》里,藏着中国人的大智慧。由此可见,中国人的祭财神,本质上是一种全民自我教育,自我提醒:只要起心动念为他人着想,自会五福临门。

大年,引领我们回归生命本质

有一年春节,我因为跟宁夏电视台合作拍《我们的春节》的节目,没有回家。那一年我一个人待在城里,感觉那个年过得特别孤单,特别寂寞。我突然发现,过大年如果不回故乡,就好像结婚没进洞房一样,好像没过过。

春节也好,大年也好,我个人理解,它是乡土中国的一种情结。我是从四个方面来理解大年给我们提供的生命力价值的。

感恩大年,让我们在感恩中获得生命力

"腊"这个字的本义就是合祭百神。一年的收成下来,当五谷成熟之后,当我们平平安安地抵达终点站之后,我们就要感恩。中国人的感恩情结之所以隆重,是因为中国人懂得恩情。

中国人习惯通过感恩来回到本质地带。过年也是这样。你看我们一族人在祠堂里面感祖先的恩;我们大年初一给长辈拜年,感长辈的恩;大年初二给岳丈家拜年,感岳丈家的恩;接下来,给老师拜年,给亲戚拜年,感老师的恩,感亲戚的恩。所以,"感恩"在中国的大年这样一个盛大的节日里面,是重中之重。

你再看我们贴的那些对联:"三阳开泰从地起,五福临门自天来""从地起""自天来"这样一种逻辑关系直接告诉我们,我们的福气、我们的幸福是天地所赐,我们要感恩天地。"天增岁月人增寿,春满乾坤福满门。"你看,它的大前提是天增岁月,我们才能增寿;它的大前提是春满乾坤,我们才福气满门。所以,它的大前提是感恩。从腊八到正月二十三大

年结束,在这整整的四十五天里面,感恩的话题一直在贯穿。

那些社火词也是明明白白的感恩词,感恩社神和火神。古人认为,如果没有社神、火神,我们就没办法获得生存的基本保障。古人有一个非常有意思的节日分配,把大年初一叫鸡日,大年初二是狗日,大年初三是猪日,初四是羊日,初五是牛日,初六是马日,初七才是人日。为什么这么排列呢?非常有意思。为什么要把鸡放在第一天呢?把鸡放在第一天,因为鸡象征着时间,鸡报晓。所以,人活着第一需要感恩的是时间。第二天是什么呢?狗。狗代表忠诚、坚守。只有把时间守住了,生命才有价值。第三天为什么给猪呢?猪用它的生命来为人们做奉献。过去人们养猪,相当多的人家是为了祭祀,平常人们是不怎么吃肉的。第四为什么是羊呢?羊给人们提供温暖。第五天为什么要给牛呢?牛给我们耕作。第六天,马,为我们运输。第七天才是人。从这个节日的分配上,我们能看出来,这是古人表达感恩的一种方式。所以,感恩这样一个情结,贯穿在整个春节里面。

祈福大年,让我们在祈福中获得生命力

大年说到底,它是一种祈福活动。古人认为没有四要素做保障的祈福,是没有效果的。哪四要素呢?古人认为,第一,要真改过;第二,要真奉献;第三,要真恭敬;第四,要真感恩。

我小的时候也参与耍社火,社火里面有四个角色——四大灵官。当扮演者把衣服穿上,脸打好,进入角色之后,这四大灵官这一天是不能说话的,不能动私心杂念。行头上身,脸一打,脸谱一画,你已经不是一个普通的人,而是一个人神中介了。这样的仪式你参与了之后,会体会到什么叫祈福。而且,祈福在天人合一的情况下才会有效果。《了凡四训》里面讲:"凡祈天立命,都要从无思无虑处感格。"我们会想到,在一些盛大的仪式过程中我们要静默,一切仪式无非都是把我们带到一种天人合一的状态。

我的理解,鞭炮在春节中的存在也是为了祈福。你看,啪,那么一声,那一刻我们在一种无思无虑的状态,就是在愣神儿的状态。

我小的时候经历过元宵节要点荞麦灯,那个印象太深刻了。我在长篇小说《农历》里面写过一章。当一桌子的荞麦灯一盏一盏地被点亮的时候,父亲告诉我,那一刻你不能动俗念。那么,人应该在那一刻怎么做呢?他说,你只用看着那个,那个火苗是怎么存在的,看着那个荞麦灯捻上的那个灯花是怎么结起来的。我们就看,看着看着,有一种体会,自己仿佛进入到了火里面,进入到了另一个世界。我觉得那一刻,人的生命状态,真是神如止水,一念不起。

我们小的时候过大年,老人讲要"断三恶":恶的念头不能起,恶的言语不能有,恶的行为不能有。在整个四十五天,你说了一句不吉祥的话,那是要挨板子的;你动了一个不吉祥的念头,一年都会不吉祥。你想,四十五天里一个人能把"三恶"断掉,那是多么吉祥如意。

祈福贯穿整个春节,大年三十的祭祖是祈福,唱大戏是祈福,耍社火是祈福,贴春联是祈福,拜大年更是祈福。

和合大年,让我们在和合中获得生命力

大年给我们提供的生命力支撑,我个人认为是"和合"。"和"是和气的和,"合"是合作的合。古人把"和合"直接定为二仙——和合二仙。过春节,你会体会到古人讲的四句话:"与天地合其德,与日月合其明,与四时合其序,与鬼神合其吉凶。"就是跟什么都要合上去,不能分。

孔老夫子讲的"一"也好,古人讲的"天人合一"也好,这一切都是让我们要回到一种"都一样"的生命状态,也就是说天地间所有生命从本质上来讲都一样。这非常明显,中国人过大年的时候,把所有的生物都纳入一个平等的祝福行列。在这个经典的传统的春节仪式里面,我们会看得很清楚,不

但要给人过大年,还要给我们现在认为的似乎是不存在的生命状态过大年。我们小的时候,只要一进入大年,每天吃饭的时候先要在大门外面放一碗饭,因为传统年俗认为,这个宇宙中还有一个我们看不见的生命世界也在过大年。除夕的下午,家家户户要去上坟,有祠堂的人当然就直接进入祠堂,没有祠堂的人要上坟把祖先请回来,牌位一写一贴,才进入正式的守岁。

为什么大家一定要坐在那个团圆的桌子上,才算是真正的过大年呢?那不单单是一桌饭的问题,那代表了一个家庭的圆满程度、和气程度、团结程度。为什么要吃饺子呢?饺子就是合,各样的合到一块儿。"和合"这两个字在我们的年文化里面是重中之重。通过"和合"走进我们生命的本质地带,这是年文化秘密中的秘密。

教育大年,让我们在教育中获得生命力

年给我们提供的生命力其实就是教育和传承。大年从腊八开始,到元宵节结束,或者到正月二十三燎疳节结束,整个过程都是在教育。那一副副对联就是教育:"欲高门第须为善,要好儿孙必读书。"你看,直接告诉儿孙,福气、幸福从哪里来:要行善,要读书。所以,过去这些对联,事实上每一句都

是类似于一种家训的劝诫。《周易》讲了一个核心理念——积善之家,必有余庆;积不善之家,必有余殃。这样的一个核心理念演绎成了各种各样的对联、戏词在春节上演。所以,整个春节就是教育的一个过程。

大年从一定意义上来讲,就是让我们连根养根的。所以,过大年的时候一定要回到故乡。回不到故乡,至少要回到母亲的身旁。我记得小的时候有一次,我跟我哥哥说惯了,说串口了,骂了哥哥一句。这句话里面带了一句不吉祥的话,我父亲把我狠狠地揍了一顿。那一次教训太深刻了,从那之后我就知道,一进入大年,那些不吉祥的话是不能从嘴里说出来的。所以,一到大年,人是带着什么样的状态过的呢?战战兢兢,如履薄冰。这其实是对小孩子的一种自我管理的教育。经过三四十天的自我管理,将来的一年他就会自我管理。

所以说,大年是中国文化的全本戏;大年是中国人准宗教性质的一种系统;大年是中国人基因性的活动总集;大年是中国人不可或缺的、赖以繁衍生息的精神暖床。

当我们在以上四个方面有了初步了解之后,就会体会到古人讲的"普天同庆"的感觉。我小的时候确实能够体会到那种"普天同庆"的氛围,那一种欢乐、那一种幸福,以后我再没有体会过。就是说,是一种生命的根部的幸福状态,它跟我们的奋斗没关系,跟追逐没关系,跟我们的所谓的成功、荣誉这些也没关系。只要我们一脚迈到了生命的本质地带,通过这些仪式,它就在那里。

春节的福利

春节的起源和演变

有人问,春节起源于什么时候?我说,春节的起源,现在有各种考证,但通行的说法认为起源于尧舜时代的"腊祭"。中国是一个古老的农业国家,百姓依天靠地生活,年头岁尾,用天地所赐的五谷报祭天地,报祭祖先,感恩苍天,感恩大地,感恩岁月,后来渐渐形成岁末年初祭天、祭地、祭祖的习俗,直到演变成春节风俗。今天的春节恰恰是古代的元旦。

据相关文献记载,先秦时,过春节的时间,或为十二月一日,或为十一月一日,或为十月一日,直到汉武帝《太初历》实行之后,才定为正月初一,名称有"献岁""元日"等。唐时正式命名为"元旦"。

唐太宗时期,皇帝会把"普天同庆"写在金箔卡上赐予大臣,后来演化为贺卡。

到了宋朝,春节已经成为一个盛大的节日,人们用纸包火药制作鞭炮,为春节增添了许多喜庆色彩;也是在宋朝,吃饺子成为春节的重要内容。明代,春节的形式跟今天就很相似了。清代,春节的内容更丰富,时间也拉长了,从腊八开始,到元宵结束。

中华民国时期,为了跟西方历法接轨,试图把公历元旦定为春节,没想到推行遇阻,百姓仍以阴历正月初一为"过年"。一九一四年,时任内务部总长朱启钤为顺从民意,提请定阴历元旦为春节,端午为夏节,中秋为秋节,冬至为冬节,后经袁世凯批准,向全国推行,就此奠定了阳历年首为"元旦",阴历正月初一为"春节"的并存格局。一九四九年,中国人民政治协商会议第一届全体会议,正式决定把元旦作为阳历年的开端,把春节作为阴历年的开端。

春节是天然的励志教育

中国人过大年不仅仅是吃吃喝喝的事,我在散文集《还乡》中写道,大年是天人合一的演绎、孝敬的演绎、祈福的演绎、狂欢的演绎,更是教育的演绎。一年结束了,一族的人在祠堂里开展光前裕后教育,诵家训,颂祖德,励后人。族长给后代讲祖上的光荣历史:先人给国家和民族做了什么贡献,后人应该如何继承。在一种特殊的气氛中,完成对后代的励志教育。

《记住乡愁》第四季讲述了晚唐工部侍郎黄峭的故事,闽北黄氏的鼻祖是轩辕黄帝,《三字经》里讲的"香九龄,能温席"的黄香是黄氏第三十一代祖。祭祖时,黄氏宗亲们齐颂《认祖诗》:

> 信马登程往异方,任寻胜地振纲常。
> 年深外境犹吾境,日久他乡即故乡。
> 朝夕莫忘亲命语,晨昏须荐祖宗香。
> 漫云富贵由天定,三七男儿当自强。

三七男儿,指黄峭有二十一个儿子。当年,他写下著名的《遣子诗》,把他们遣往全国各地。现在黄家祭祖时用的这首《认祖诗》,就是在当年《遣子诗》基础上略加修改而成的。

可以想象,每年过大年,子孙们齐诵这样的诗句,该是一种怎样的志向激励。据统计,黄峭后人,海内外就有千万之众。

所以说,春节是一场天然的敬畏教育,也是励志教育。

春节是中华儿女的能量源泉

过去,我们盼过年,是盼望着核桃枣子新衣服,现在的孩子平常就可以吃好的,穿新的。要想让年味浓起来,就要恢复春节的祝福性,让春节变成祝福。换句话说,就是让过春节的人获得回报,这恰恰符合现代人的"回报思维"。就像做人,如果大家明白做好人的回报大于做坏人,自会做好人。如果知道过春节有回报,自然就会好好过春节。

那么,春节的回报何在?在我看来,春节是充电的机会,是给人们提供安全感的重要平台。回到父母身边坐一坐,看上去是个小事,但让人获得了一份安全感。为什么呢?因为我们都是从妈妈肚子里生出来的,第一安全感来源于母亲。"安"的意思是"妈妈怀里就是安"。

我们每一个人都有两位母亲。第一位是生理意义上的,第二位是精神意义上的。就像故乡,有地理意义上的,也有心灵意义上的。谁都知道,离开母亲和故乡,人不但有漂泊感,还有无力感。离开生养我们的地方久了,地气就接不上了;离开生养我们的村子久了,天气就接不上了;离开生养我们的母亲久了,人气就接不上了。所以,每年回家过年不单是吃吃喝喝,更重要的价值在心理学意义上,用今天的话来讲,是生命能量的一次补充。一个人如果没有安全感就会恐惧,恐惧之后,占有欲、控制欲就会到来;占有欲、控制欲强了,焦虑和抑郁就会到来。所以,现代人如果好好过年,好好过各个节日,焦虑抑郁的症状就会大大减轻。

通过节日休养生息

中国四季都有节日,到了腊月和正月更为密集。中国文化是乾坤文化,乾文化的气质就是创造、奋斗、自强不息;坤文化是涵养,是承载。刚柔相济是中国文化的特点,节日文化就是阴柔文化;富贵雅共享是中国文化的另一个特点,雅的重要体现就是节日。这跟中国文化的阴阳互补、出入互生相关。此外,中国人特别注重感恩教育,腊祭就是报祭。中国人讲究奋进,更讲究休息;讲究创造生活,更讲究品味生活。四季就像竹子的节,没有节日就像竹子没有节,岁月没有诗味。庄稼长个儿是在晚上,孩子长个儿也是在晚上,生命只有在睡眠状态下,才开始补充能量。节日是中国人有意识地让生命休养生息的一个仪式化设计。

不少人感慨,近年来,由于很多大中城市禁放烟花爆竹,年味越来越淡。对此,我常说,禁放鞭炮跟年味淡有一定关系,但不是主因。年味淡了的主因是我们把年文化里仪式感的意义忽略了。古人认为,仪式是能量的传递环节,祭祖不仅仅是一个仪式,更是我们连根养根的重要环节。就像插花,根在瓶子里,过几天就蔫了;如果根在土里,多少年都会枝繁叶茂。古人过节,就是连根养根。

为什么一定要回家过年

每年春运,都是地球上规模最大的一次人口迁徙。是什么力量推动了每一个中国人回家过年的旅程?

在我看来,中国文化是圆文化,特别强调整体性。我们的文化符号太极,就是从开始走向终点。中国文化可以用一句诗性语言表达:正确的结束来源于正确的开始,正确的开始来源于正确的结束,所以开始就是结束,结束就是开始。这是一个完美性的心理暗示,因为中国人特别讲究阖家团圆。除夕夜的饺子不仅仅是一顿餐饭,更象征着团圆。饺子的设计就非常有意思,很多馅儿被皮儿包起来,代表着一种整体性。还乡情结是每一个中华儿女基因性的情结。春节不仅仅是一个节日,还是重要的文化暗示。祭祖,因为我们对生命力的理解,不仅仅来自生养我们的父母、祖辈,还有一个长长的祖先链条。过春节有一个环节——迎请祖先。现代心理学已经证明,每个人的潜意识都是永恒的,那么祖先的潜意识也是永恒的,如此想来,过年就有味道了,祖先也渴望和子孙们团聚,这是一个心灵深处的诉求,是一种血液性的、基因性的集体约会。一年到头在外面拼搏奋斗,春节如果没有回到父母身边,那么这一年是不圆满的。

重建心灵故乡,让春节仪式感与时俱进

春节是从尧舜时代传下来的中华民族的集体记忆。这个集体记忆是任何非集体记忆不能代替的,这一段时间是中国人集体狂欢的宇宙专场。

我小时候,除夕守岁是最享受的时空段,跟天地交流,品味阴阳交替;如今看完春晚,守岁的感觉一点都没有了。如果过年仅仅是走走亲戚、送送礼、串串门、吃吃饭,年味肯定会淡。我们要重拾春节的祝福性,把年节文化的营养性找回来。

让中华文化创造性转化、创新性发展,我们需要在城市重建仪式感,春节的精神要素不变,但形式感一定要与时俱进。有一年,我在老家过元宵节的视频由宁夏广电局上传到网上,一天点击量超过两千万;由宁夏回族自治区党委宣传部、宁夏广播电视局出品的纪录片《六盘山》第三集《心灯》引发热议,皆足以见得当代人对"节营养"的渴望。这些年,我在小范围做试验,创办了"春节小课堂",很受孩子和家长的欢迎。孩子们集体在感恩树下过春节，读春诗，唱春歌，吃春饭，不但年味浓，还在特别的气氛中接受了感恩、敬畏、孝道、激励教育。我说，望梅止渴是有现实意义的，我们很多人已经没有乡村意义上的故乡了，但可以重建心灵意义上的故乡。

节日民俗还有没有可能回温？我是持乐观态度的，当人们渐渐获得了节日回报，自会重视过春节。我很早就建议，把春晚提前或者推迟一个晚上，把守岁留给中华民族；把春节的假日增加几天，年味会更浓，回报会更大。

要长要久，就要让文成化

民间传统为什么可以保留至今？我说过，文化传播有两个渠道：一个是经典传统，一个是民间传统。经典传统不牢靠，王朝更迭以及战火纷飞往往会将其中断；民间传统则不然，当文化演变成民俗之后，就有了永久生命力，就可以继承和保存下来。中华文化有一个很重要的传统——化文成俗，就是把文化变成民俗传下去。历史上没有哪一朝哪一代可以取消中华民族过春节的民间传统。

至今，我们还能从民间的诸多节日仪式上，看到周礼的影子。武汉大学教授於可训先生认为我的作品《农历》既是小说,也是礼说;既是文学,更是文化。教化的作用,让体裁显得不再重要,就像食物的营养价值,让名称显得不再重要一样。

芒　种

当北斗的斗柄指向巳时,太阳到达黄经七十五度,干支历的午月起始了。《月令七十二候集解》中讲:"五月节,谓有芒之种谷可稼种矣。"说明这个时候有芒的麦子要收割了,稻、黍、稷要下种了。所以,芒种是二十四节气里面最忙碌的一个时间段,可谓"忙种"。有过农村经历的人们都知道,这个时候是农民最为辛苦的时间。

谚语讲:"春争日,夏争时。"春天,早种一天或晚种一天,都会影响收成;夏天,早收一小时或晚收一小时,决定着进仓的多少。夏收时节,如果天空响起雷声,农民都会心惊肉跳。一些人家,如果人多,能抢一个小时,就有好多石粮食归仓。

芒种有三候:一候螳螂生,二候䴗始鸣,三候反舌无声。螳螂感阴气破茧出生,䴗感阴气开始鸣叫,反舌鸟感阴气收声。这演绎的是中华文化阴阳二气运行的辩证法,也说明自然中的动植物都活在自己的"天命"里。按说芒种应该是极热的时候,这些虫鸟怎么会感觉到阴气呢?这就是古人讲的阳中有阴、阴中有阳,也就是太极鱼所象征的"阳中阴,阴中阳"。

芒种给人生许多启示。

第一,每餐都要想到"粒粒皆辛苦"。我感受过麦黄六月收麦子的不易。汗水和着麦土,那种痒,一般人是受不了的。麦芒和光芒交织在一起,特别难受。而有芒的谷物恰恰是最有营养的。

第二,割着麦子,想着马上就要吃到的新麦面,我不由得想,让我们活命的食物,既是天地所赐,也是汗水浇灌。我一下子就感觉手中的麦子所携带的天地的慈爱,就像小时候过年,父亲给我们分发糖果。由此,我教育小孩,每顿饭前,都要想想,我们食用的这些食物虽是从商场买回来的,但更是天地所赐。如此,感觉就不一样了,天地的大爱就在里面了。既然是天地的大爱,就更不能浪费。同时,我也启发孩子,每天食用天地所赐,就要向天地学习无私的奉献。

第三,重要的事情要及时做。行孝不能等,行善不能等,要及时,要争分夺秒。有位朋友在外地工作,母亲病了,一直打算回家,但总想把手头的事忙完,不想有一天,老家来电,母亲已经走了。这种遗憾,是刻骨铭心的,一生难以释怀的。芒种的"芒",让我们联想到像太阳光芒那样的光阴。它警示我们要像抢收黄透的、熟透的粮食作物一样去奉献,去行孝,去行善，因为生命就是由如"芒"的时时刻刻构成的。珍惜当下，其实就是珍惜每一个如"芒"一般的生命单元。古人之所以在芒种送花神，我想也是提醒人们，不要错过花时，不要错过生命。

第四，盛阳之时要防阴，苦味恰恰能养心。防阴，内服赤小豆、薏仁、粳米、茯苓、山药煮的粥，外治首选是艾草。中医认为，"千寒易去，一湿难除"。而芒种时节，正值黄梅雨季，湿气最易侵入人体。有一次，我和朋友到外地接受艾灸治疗，不想在他的后背上灸出来像鸡蛋那么大的一包水，大夫说这就是长期积累在我们体内的寒湿，通过艾灸被驱赶了出来，幸亏及时，否则都有生命危险。这让我非常直观地感受到艾草的神奇。

《本草汇言》里面讲，艾草具有暖血温经、行气开郁的作用，是中医里面用途最广泛的药食同源的植物之一，也是防疫利器。

艾叶香，香满堂，
艾条插在大门上。
出门一望麦儿黄，
这儿端阳，那儿端阳，处处都端阳。
艾叶香，香满堂，

艾条插在大门上。

出门一望麦儿黄，

这儿吉祥，那儿吉祥，处处都吉祥。

  这是我们小时候在端午吟唱的歌谣。端午是与芒种牵手的重要节日。

  古人认为五月毒虫出没最多，而毒虫闻到艾味就离开了。端午节戴香包，也有这个意思。小时候，我们病了，父母就会把陈艾搓成艾柱给我们灸，大多病，灸后就好了。最为神奇的是，有些新媳妇怀不上孩子，灸一段时间就怀上了。

  记忆中，和艾同样神奇的，还有苦苦菜，这也是芒种时节常吃的菜。父母讲，它是我们的救命草，困难时期，我们就是吃着它活下来的。后来看中医书籍，发现它是天造地设，夏天对应心脏，而苦味正好入心。因此，夏天要多吃苦味的食物养心。《本草纲目》中讲："苦菜，安心益气，轻身耐老。"小时候，身体受伤，父母把它捣成汁涂抹在伤口处，很快就会愈合，可见它还有疗愈功能。

  第五，最热之时莫贪凉。"反舌无声"，说明内阴已经发生，内寒已经发生，脾胃已经偏凉，再吃寒的东西就会伤到脾胃；而脾胃一伤，运化的能力就会弱，运化的能力弱，肥腻的东西就难以消化，就会引起脏器的功能紊乱，甚至病变。因此，这时恰恰不能吃寒凉的食物,不能吃肥腻的食物,要用"心法"对治酷热。《黄帝内经》讲,"静则神藏,躁则消亡",这个时候重在安神,多听徵调的音乐,多读使人安详的书,让心情平静下来,正所谓"心静自然凉"。

何以解暑

妻到药店买了不少藿香正气水回来。儿子问买它干吗。妻说，如果感觉到头晕、恶心、想吐，就有可能是中暑，赶快喝上。接着她给儿子科普如何防中暑，说要避免太阳直射，避免食用肥腻辛辣的食物，避免大汗淋漓，要保证睡眠，特别是要保证午睡，因为夏天对应的是人的心脏，而且，中午十一点到十三点，心经当令，这个时候睡一觉，就能很好地养护心脏。还说心脏对应的"五液"是汗，夏天锻炼，微出汗最好，最怕大汗淋漓，因为汗为心之液。古人认为"五液"对应着五脏，心对应的是汗，涕对应的是肺，唾对应的是肾，涎对应的是脾，泪对应的是肝，等等。如果出汗过多，就会伤心的阳气，伤心阳。《黄帝内经》里面讲："阳气者，若天与日。失其所，则折寿而不彰。"就是说，阳气就像是我们的太阳和天一样，如果失掉了它，就会损伤我们的生命力，折寿不彰。

妻接着说，夏天要特别注意除湿，古人认为湿气的肇因主要有：环境致湿，比如说梅雨天气；饮食致湿，比如吃多了生冷寒凉的食物;药物致湿,比如糖尿病、高血压病人长期服用药物;心情致湿,长期生气,肝胆就会湿,长期忧思,肺、大肠会湿。

妻退休后,最感兴趣的就是钻研《黄帝内经》,一有空,就给我们讲,并且按照二十四节气采购食材。小暑大暑期间,她就会买不少茯苓、薏仁、莲藕、山药、赤小豆回来。

在妻的教导下,儿子也成了一名季节养生专家。

我小时候,哪里知道这些,只知道浆水面能防暑。萝卜叶投的浆水有一种夏天的味道,芹菜叶投的浆水有一种秋天的味道。除了浆水,厨房里还有一个瓦罐,里面是干蒲公英叶泡的凉茶,在外面玩渴了,端起瓦罐,美美地"咕噜"一气喝完。我知道小暑有三候:一候温风至,二候蟋蟀居宇,三候鹰始鸷。这个时候,大地上已经没有一丝凉风了,热浪滚滚,蟋蟀躲到房间的墙壁下纳凉,鹰到高空去纳凉。

那是小时候,从田里回来,坐在院台上歇息,听父亲讲的。

后来读《诗经》,"七月在野,八月在宇,九月在户,十月蟋蟀入我床下",就多了一份亲切。

父亲正讲着,母亲喊端饭。母亲做的是浆水面。浆水是在面汤中放了芹菜叶、白菜叶等发酵而成的,酸酸的,非常解暑。我工作之后,到了城里,常常听说人们中暑,心想,我小时候怎么就没有听说谁中暑呢?后来看到专家讲解,浆水面是西北人最好的防暑药,就知道为什么了。

母亲把每天下过面的面汤晾凉往旧浆水罐里倒,叫"投浆水"。母亲说,投浆水的面汤不能有油,在炒过菜的锅里下面,面汤就不能投浆水。

妻从小就会做浆水面,但因为我的胃酸多,就不给我做了。馋了,就找老家人开的馆子吃一顿。一次到天水拍《记住乡愁》,宾馆里居然有,就天天吃,居然没有泛胃酸。我给央视导演说,浆水面就是我最魂牵梦绕的乡愁。

妻还接着讲,不少病,都是因为外感"六邪"。哪"六邪"呢?风、寒、暑、湿、燥、火。春天易感风邪,夏天易感暑湿二邪,秋天易感燥邪,冬天易感寒邪。

如何对治暑湿之邪?除了吃除湿的食物,还要保持正气。如何保持正气?《大学》里面讲:"身有所忿懥,则不得其正;有所恐惧,则不得其正;有所好乐,则不得其正;有所忧患,则不得其正。"想长养中和之气、中正之气,要适度地放慢生活的节奏,要向白居易学习,"何以销烦暑,端居一院中。眼前无长物,窗下有清风。热散由心静,凉生为室空。此时身自得,难更与人同";要向无门慧开禅师学习,"春有百花秋有月,夏有凉风冬有雪。若无闲事挂心头,便是人间好时节"。

我只记得,每当盛夏,天热了,一家人会把席铺在麦场里,仰着躺了。满天的繁星,一会儿像鸡,一会儿像鹅,一会儿像羊,一会儿像马。还有牛郎和织女,还有织布机,还有织布梭,还有北斗七星,还有南斗六郎……那大概就是最天然的诗吧。就在这种铺天盖地的诗中,我们进入了梦乡。

儿子问,没有蚊子吗?我说,没有。爹的童年,没有蚊子。现在呢?儿子问。我说,现在有。儿子失望地说,我还想今年暑假,在麦场里睡下望星空呢。

这一天,姐姐来,每年都来。姐姐一进门,我们就唱,"收完麦打罢场,女儿回家去看娘"。

今年,姐姐没有来,因为父母都已经过世了。

但他们的话还在,"小暑,六月节。《说文》曰:暑,热也。就热之中分为大小,月初为小,月中为大,今则热气犹小也"。你看这个"暑"字,上下都是"日",中间是"土",那就是麦黄六月。这是父亲在讲《月令七十二候集解》。"小暑大暑,上蒸下煮",上面在蒸,下面在煮,人,就像在锅里面。"小暑大暑,有饭懒煮",有饭都懒得煮了。母亲不知道《月令七十二候集解》,但她知道许多民谚。

何以解暑 075

"三十八摄氏度,要人命,先喝些荷叶粥。"妻说着,给我和儿子一人一碗。我喝了一口,味道不错,但仍然不如记忆中的浆水面。

那是最让我魂牵梦绕的乡愁。

中秋是归途

我曾用小说的眼光打量过中秋,用散文笔法写过中秋,但仍然觉得没有进入中秋。中秋将近,强烈的中秋味道再次笼罩了我。是日深夜,沐浴在皎洁的月辉中,享受着一种难得的清凉。蓦然,一个特别的世界向我打开,我十分惊讶地发现——中秋,原来是先祖给后人精心铺设的一条归途。

中秋之祭

《礼记·祭统》曰:"凡治人之道,莫急于礼。礼有五经,莫重于祭。"古人把祭祀作为诸礼俗中的首重。《礼记·祭法》指出,早在夏朝对祖先的祭祀已经存在:"夏后氏亦禘黄帝而郊鲧,祖颛顼而宗禹。"《周礼·春官》记载:"大宗伯之职,掌建邦之天神、人鬼、地示之礼。"可见祭祀已成规定,依时有春礿、夏禘、秋尝、冬烝。

流传至今的中元祭祖和中秋祭月,当是"秋尝"的重要内容。而无论是中元祭祖还是中秋祭月,都是为了合道,都是趋吉避凶的方法论。

《易·系辞上》讲:"一阴一阳之谓道。"《易·系辞下》讲,"日往则月来,月往则日来,日月相推而明生焉。寒往则暑来,暑往则寒来,寒暑相推而岁成焉。往者屈也,来者信也,屈信相感而利生焉"。华夏先祖视太阳为寰宇之间阳性之最,名为太阳;视月亮为寰宇之间阴性之最,名为太阴。作为中国民间农时重要依据的阴历,即农历,实际是一种阴阳合历,是据月亮运行周期,综合太阳的视运动规律编成的。既然月亮在天地间有如此重要的意义,有着祭祖传统的中华先祖当然就要献祭。《国语·周语上》记载:"古者,先王既有天下,又崇立上帝、明神而敬事之,于是乎有朝日、夕月以教民事君。"所谓"夕月"就是祭祀月亮的仪式。不过当时祭祀月亮是在秋分这一天。据《周礼·春官·典瑞》郑玄注:"天子常春分朝日,秋分夕月。"历代王朝都把祭月列入国家祀典,严格执行。北京的月坛就是明代嘉靖年间为祭月修建的祭坛。

古人发现,秋分之日,太阳行至赤道上空,昼夜相等。此后,白昼渐短,阳气渐衰;黑夜渐长,阴气渐增。所以,在秋分这个阴阳相当,阳气"屈",阴气"信"的时刻祭月,既是敬送阳气之往,又是恭迎阴气之来。正如《周礼·春官·章籥》所说:"中春昼击土鼓,歙《豳诗》以逆暑。中秋夜迎寒,亦如之。"但秋分是据太阳的运行确定的，在农历中不固定，或在月初，或在月中，或在月末。若在月末，就很难见到明月，无从献祭，后遂演变为阴历八月十五进行。

在民间，中秋献月饱含着百姓浓烈的感恩之情。一年劳作，托福于天地护佑，风调雨顺，日清月丽，五谷和瓜果成熟了。作为受益者，人们就要首先把果实献给天地和祖先品尝，所谓"秋尝"。

在古人看来，祭就是吉。因为祭是人天中介，用今天的话说，就是能量通道。生命来自父母，父母又来自他们的父母，寻根究底，肯定就有一个第一父母。这个第一生产力，应该就是老子讲的"道"。"道生一，一生二，二生三，三生万物。"人也是万物之一，自然也是由道生的。要保持生命力，无疑就要保持和道的联谊。古人用的方法是祭，可见祭是人类和宇宙能量保持畅通的一种方式。

而要成功获得这种能量，就要高度同频化。怎么办？首先要斋戒。《礼记·祭统》介绍，国家公祭之前，皇帝和皇后要分居，先散斋七天，再致斋三天，以收摄身心。

《了凡四训》讲，"凡祈天立命，都要从无思无虑处感格"。祈天也好，立命也好，无思无虑是关键。这大概有点心理学讲的把意识层关闭进入超意识层的意思。一旦进入超意识层，祭者的频率和宇宙频率就重叠了。频率重叠,能量就可共享,也就是《清静经》讲的"人能常清静,天地悉皆归"。

按照现代科学的说法,任何事物都由三要素构成,即信息系统、能量系统、物质系统。月亮作为一个巨大的天体,肯定有它的信息系统和能量系统。这就是古人讲的"月神"。既然真有"月神",《论语》中讲的"祭如在,祭神如神在"就显得必须。这让我想到小时候给爷爷拜大年,三个头磕下去,爷爷就跟奶奶说,快给孙子红包。在古人心目中,祭祀对象就像爷爷奶奶,是人格化的。

古代国家和集体层面的月祭都是要诵读祝文的。向西设坛,由祭官或女性贤淑沐手恭诵祝文,然后向月焚化。祝文主要由两部分构成,先是歌颂,再是立志。作为阴性能量的载体,月亮有着太多值得人们歌颂的地方。想象一下,宇宙间如果只有太阳没有月亮该是一个什么情形,现代科学已经证明,月亮对地球有一定的保护和平衡作用。月辉更是重要的生长力。据研究,女性受孕多在月圆时。据说在北极圈附近生活的因纽特人,冬季有四个月看不到月亮,女子也四个月不来潮。所以,祭月不单是一种文化仪式,更是重要的生命力获得程序。

为了让这种能量具有存在感,祭祀之后要分食祭品,古人名之为"饺"。我没有考证这是不是饺子的来源,但古人确曾把饺子称为"偃月馄饨"。随着祭礼的不断演进,月饼和瓜果就成了中秋的主要祭品。无疑,祭品是一种祝福化了的食品,用我们今天的话来说已经被磁化了。因此,在祭礼之后,我们看到,许多家长舍不得吃掉分得的祭品,要拿回家,让老人和小孩分享。

中秋之中

中秋有三个核心意象,一个是"中",一个是"秋",一个是"圆"。先说"中"。在我看来,它是中华文化的核心。《中庸》讲,"喜怒哀乐之未发,谓之中;发而皆中节,谓之和。中也者,天下之大本也;和也者,天下之达道也。致中和,天地位焉,万物育焉",可见"中""和"之重要。"中""和"体现在状态上,就是阴阳和谐。阴阳和谐,人就不生病,就没有灾难,就风调雨顺,就国泰民安。而阴阳和谐的大前提是"中"。从心性层面讲,祭礼大多是把人心引向中道,中秋月祭也不例外。

我理解,"中"有两层含义。一是反极端。中华民族之所以能够保持持久生命力,就是他的思维方式是"中"。我不消灭你,就不会埋下你消灭我的种子。我今天把你消灭了,终有一天你的后代会来消灭我。对应在养生上,去掉极端情绪,就能心平气和,自然健康长寿。"中"更加形而上的一个意思是贯通天地,正如"中"字的会意,它是一个贯通天、地、人的中线,这个中线,对应到人体上就是中脉,对应到心灵上就是现代心理学讲的零极限。而要保持这个"中",就要"不以物喜,不以己悲",就要心存"都一样"。人的痛苦来自于"不一样"。古人为什么特别强调活在当下?因为忆往期来都不在"中"上,只有活在这一刻才在"中"上。

中国先祖讲的"中",是一种面粉待在面缸里不出来的状态。面粉一旦从面缸里出来,变成面包、面条、饼干、点心,就有了分别。有了分别,就有了喜好;有了喜好,就有了选择;有了选择,就有了争夺;有了争夺,就有了灾难。

如何才能待在面缸里不出来?古人的经验是中道。而祭礼是引导人们还原中道的重要方法。事实上,现代人已经很难体会古代祭礼中的那种大清净了。那怎么办?按照老子教的,向惯性生命相反的方向走,把我们可能的财富、体力、智慧分享给社会,渐渐就能接近中道。老子讲:"多藏必厚亡。"为什么?因为"藏"把我们的生命力变成物质,积压在低频状态。如果奉献给社会,它就又被激活,还原为生命力了。

秋祭向人们展现的,正是这种思感恩、知敬畏、天地共庆、有福同享的还原心态。它让人们从"道生一,一生二,二生三,三生万物"的万物向回走,回到道上去。对应在教育上,就是《大学》中讲的"明明德",就是《中庸》中讲的"修道之谓教"

的"教"。可是今天,我们发现许多家长不但没有向回走,还在助长生命惯性。饭粒掉在地上,孩子要捡起来吃掉,父母却阻止:脏,不能吃!这就在孩子的心中制造了一个分别,就把孩子生命力的一半分离出去了。从此,世界在孩子心中就是两部分,一部分是净的,一部分是脏的,他见到"脏的"就会反感、拒绝,这一部分能量就被拒之门外了。人们要想保持生命力,就要努力消灭分别,从子目录不断回到根目录,这大概就是古人讲的中庸之道。

中秋之秋

中秋的另一个核心意象是"秋"。它对应着"春种夏长秋收冬藏"的"收"。中秋作为节日给人们的心理关怀,就是要引导人们进入收敛,把过分的欲望收起来,为了明春更好地播种。农民这时开始耥地护埂,把地力收起来冬藏,以备第二年春种。因此,这个节日有一个重要的心理暗示,是对人的重大关怀。如果说人一辈子活八十岁的话,不惑之年就要进入收的时候了。把能量存下来,传给下一个生命周期。对应到人伦,就是把能量转移给子孙后代,或者奉献给公益。拍摄大型纪录片《记住乡愁》的时候,我十分惊讶地发现,古代有那么多官员,人生并未进入暮年,却主动告老还乡,或高堂尽孝,或从事农桑,或兴办义学。足见古人是把"秋藏"作为一种自觉,也把"有福不享,留于后人"作为一种信念。

看看庄稼,看看果木,人们就会得到启示:它们一年辛苦,结出果实,自己却不享用,全部贡献给人类,这就是天演仁道。这种仁道,还通过生生不息的繁衍力体现出来,对此,看看种子就会明白。谁能知道,一粒粒小小的种子里,潜藏着那么巨大的生长力!那是一份收于秋藏于冬的慈悲,正是这种慈悲,形成了一种生命相续之力。由此可见,种子是藏起来的花朵,也是一种藏起来的大仁大义。这也许就是古人以"仁"命名种子的原因,比如桃仁、杏仁。

这种宇宙大爱,投影于人,就是父慈子孝。日月没有按人的级别收取"光租",空气也没有按人的级别收取"气租",日光月华不但平均,而且免费。它们不但没有分别,更没有交换,没有索取。

如果我们不能理解这一点,对"月神"的敬畏心就生不起来。敬畏心生不起来,中秋节的神圣感也就生不起来。神圣感生不起来,节日就变成娱乐,渐渐就会被人们淡忘,因为现在人们不缺娱乐。

从功用学的角度来讲,只有我们通过行仁道,才能和天地日月的频率一致。跟天地日月的频率一致,才能获得同频生命力。

中秋之圆

  中秋的背后还隐藏着一个十分重要的意象，那就是"圆"，它是和谐宇宙的频率，也是吉祥如意的频率。大到宇宙，所有的天体是圆的，轨道是圆的；小到细胞，也是圆的。对应到人间，就是圆满不缺。既然不缺，那就不缺财富，不缺长寿，不缺康宁，不缺好德，不缺善终，所以"五福临门"。对应到"五伦"，有父母在，我们就能享受到来自上面的能量；有儿女在，就能享受到来自下面的能量；有夫妻、兄妹在，就能享受到来自平行的能量；有祖先在，就能享受到纵坐标的能量；有国家在，就能享受到横坐标的能量，此谓"祖国"。因此，古人也把"五伦"形容为"五轮"，这也是一个圆。

  对应在文化上，它就是一个大团圆结构。因此，有人说中国的戏剧不够深刻，其实它才是真正的深刻，因为它是重要的心理暗示。中国古人早就知道，什么样的念头会形成什么样的结果，就像什么样的底片会投射什么样的影像。如果平时读的文学作品的结局是大团圆，潜意识里就会形成无数个大团圆的底片，下一个生命周期播放出来的生命景象就是大团圆。

  我们的祖先早把天理、地理、物理、人理、心理搞通了。

  之所以用月饼献月，还是这个道理。古人讲，境由心造，反之,心也由境造。看到一个圆,心里就有一个圆;心里有一个圆,气就是圆的。气圆,则和谐;和谐,则健康。所以,月饼作为祭品,正是为了唤醒人们内心的圆满。纪录片《记住乡愁》中有一句台词非常经典,父亲跟儿子讲,只有你的心是圆的,你手里的月饼才是圆的;如果你的心不圆,再高超的技术也无法把月饼做圆。可见经营并非为了经营,而是为了圆满心态。祭典也不例外。

如此看来,月饼上面的一切意象都是心灵底片:像玉兔那样乖巧灵动,像嫦娥那样貌美婀娜,像蟾蜍那样多子多孙,像桂花那样芬芳清丽。

如此,中秋赏月又何尝不是心理暗示。赏什么?无非是一个圆一个明。圆和明对照之下的人生感叹就从文人墨客的笔下流出,核心话题无非是如何让生命有常。如何才能让生命有常呢?记着初心,存着归意,以一种面对天地祖先的真诚和虔敬,度过生命中的每一天。对应到文题上,就是"止于秋,行到圆,回到中"。

这是中秋节的四个主要元素:祭、中、秋、圆。它是古人一种极其重要的心理干预,也是一种极其重要的能量设计:但愿人长久,千里共婵娟。

重 阳

《诗·大雅·文王》云:"无念尔祖,聿修厥德。"《诗·小雅·文王》云:"夙兴夜寐,毋忝尔所生。"《孝经·才章》载孔子语曰:"夫孝,天之经也,地之义也,民之行也。"敬祖孝老,是中华民族五千年来最为潜在的核心价值。

重阳节是孝老节。《易经》中把"九"定为阳数,中国人以"九"为尊。九九重阳节从数字学的角度意味着吉祥如意、健康长寿,意味着生命力建设。

"九九"的谐音是"久久"。

如何才能"久"呢?根要深,只有根深才能叶茂。对应到每个人,生命之根是老人,是祖先。为此,提醒子孙后代尊老爱老就具有极其重要的意义。

想保持生命力,就要不断地给根浇水。重阳节是连根养根的重要方式。

重阳节正值金秋,金秋是收获的季节。这个时节,敬老爱老是对辛勤耕耘哺育我们、栽培我们的老人的一种致敬。

果实下来的时候就要感念根,这是花朵和枝叶对根的致敬和报答。

重阳节无疑是感恩的节日。中国文化讲究感恩,为什么呢?当一个人感恩的时候,事实上是向根致敬。

我常讲,养老本身是育儿,恩爱本身是育儿,感恩本身是育儿,恭敬本身是育儿。

借助于这样的一个节日,我们教育孩子常怀感恩之心,常怀敬畏之心。一个常怀感恩、敬畏之心的人,就能够跟世界交换能量。

当今世界普遍存在的焦虑、恐惧、孤独是怎么产生的呢?说到底就是断根了。当一个人断根之后,就会莫名其妙地焦虑、孤独、浮躁、抑郁,就像浮萍一样漂泊。漂泊容易让人产生恐惧、不安全感。所以,养老、孝老、连根养根,有利于现代人的心理健康。

重阳节这一天,我们应该用不同的方式对老人、对祖先表达一份怀念和敬意。古代的大家族有祠堂,人们在这一天歌颂祖德,感念祖先。现代大多数家庭没有祠堂、没有家谱,但也可以用现代方式过重阳。

孔子讲,"夫孝,德之本也,教之所由生也"。孝道是道德和教育出发的地方,也是道德和教育的根本。

当一个人把孝的根扎深了之后,成功是水到渠成的事情。孔子从"身体发肤,受之父母,不敢毁伤,孝之始也",讲到"立身行道,扬名于后世,以显父母,孝之终也",又讲到"孝悌之至,通于神明,光于四海,无所不通",就是告诉我们,人这一生先要从爱自己的生命开始,到爱家族荣誉,再到爱祖先传下来的文化,把它作为一种延续力,让个体生命、家族生命"久久"化,这就是九九重阳的象征意义。

中国人讲究成功,但更讲究成功不败。怎么样才能成功不败呢?那就要让个体生命、家族生命、民族生命持续化。

人的生命力主要是阳气,两个"九"在古代意味着阳的高峰,把这个节日作为敬老节是很科学的。

《黄帝内经》里面讲,"阳化气,阴成形"。生命在一种纯阳的状态,才具有生命力。重阳的"重"和纯粹的"纯"相通,纯粹的阳气是人、家族、民族的元气。纯阳之气就是元气,这是"重阳"的另一个象征。

老子讲,"含德之厚,比于赤子。毒虫不螫,猛兽不据,攫鸟不搏,骨弱筋柔而握固,未知牝牡之合而朘作,精之至也。终日号而不嗄,和之至也"。

这就是一种纯阳的状态。真正的"重阳"就是老子讲的婴儿的状态,没有污染、没有概念、没有分别的状态。

我们要给孩子讲清楚什么是"重阳"。一个人常怀平等心的时候,才能够"重阳"。从爱老人扩展到爱兄弟姐妹、爱族人、爱天下人，这才是"重阳"的真正意思。

"九九"是结果，"重阳"是基础。因为"纯阳"，所以"久久"。

中国人特别讲究保持生命力，怎么保持呢？不要分别，不要对抗，不要矛盾，不要生气，不要仇恨，用平等心爱一切。这是"重阳"暗含的象征性的审美学意义。

只有"重阳"才能"九九"，只有"纯阳"才能"久久"，只有"久久"，我们的生命才有安全感、幸福感、获得感。如果没有"九"，没有"久"，一切都无从谈起。

怎么样才能"久"呢？老子讲，"天地之所以能长且久者，以其不自生，故能长生"。真正的纯阳之气在奉献、牺牲、忘我、无我里面。

如此可见，每个传统节日都是天然的课堂、天然的教育。《孝经》讲，"教民亲爱，莫善于孝；教民礼顺，莫善于悌；移风易俗，莫善于乐；安上治民，莫善于礼"。我们要让孩子从小在仪式感里接受感恩和敬畏教育，感受天人合一的肃穆和庄严，以此让他们热爱生命，热爱生活，完善人格。

祝愿所有老者，九九重阳，纯阳久久。祝愿中华大地，天保定尔，以莫不兴。

黎明即起,洒扫庭除
——《朱柏庐治家格言》札记

一

《朱柏庐治家格言》开篇:"黎明即起,洒扫庭除,要内外整洁。"朱柏庐先生为何要从此句开讲?为何不讲宏大主题,而要讲"黎明即起"?这跟中华文化的重要特征息息相关。中华文化重要的一个认知方式、思维方式、生活方式、行为方式就是天人合一。既然是天人合一,那么朱柏庐先生知道,生命的吉祥如意、家庭的吉祥如意、家族的吉祥如意,一定是从顺应天道而来。所以老子讲"人法地,地法天,天法道,道法自然",就是自然而然。

而太阳的运行规律就是东升西落。"黎明即起","黎"的古意即黑色。"黎明"就是天亮了,我们要起床了。这是天人合一系统里顺应天道的早起,这是对光明的礼敬和响应。人是趋光动物,所以这讲的是一个正确的开始。中国人讲"以始为终",没有一个正确的开始就没有一个正确的结束。所以中国人讲"慎终追远",就是强调从一个正确的开始而开始。"黎明即起"就是对阳光的一种礼敬与珍重,所以许多家训都把早起作为重要一条。

曾国藩把他的家训总结为"考、宝、早、扫、书、蔬、鱼、猪"。什么意思呢?"考"就是我们要礼敬祖先。"宝"是指处理好与亲戚朋友、街坊邻居和族人之间的关系。接下来就是"早"。中华文化里面有一个基础性的板块就是孝、敬、勤、俭。孔子讲:"弟子入则孝,出则弟,谨而信,泛爱众,而亲仁。行有余力,则以学文。"此皆可归到"考"和"宝"的范畴。曾国藩说,看一个家族能不能兴盛,首先看这家的子侄能不能早起。

《大学》讲:"知止而后有定,定而后能静,静而后能安,安而后能虑,虑而后能得。"智慧一定是来自"打深井"。古人认为,没有定就没有智。心不定,就像风起云涌的海面,无法完成映照。当湖面特别安静时,天空、明月尽在其中。

早上,是我们生命的出发点。一个人能够早起,他在他的生命惯性里面就能够不忘初心。古人讲,凡事预则立,不预则废。早起一天我们不觉得怎样,早起一年就不得了。你看我们同学早起一年朗诵经典,生命景象就变了。而一个孩子每天比别人早起五分钟,把《大学》读一遍,把《弟子规》读一遍,把《朱柏庐治家格言》读一遍,一年下来就成功夫了,生命粮仓里面的粮食就要比别人多得多。所以,早起,从时间的角度来讲,它是珍惜时间、珍惜生命,因为每一天都是不可再来的时间点。我们珍惜缘分,首先从珍惜每一天开始;珍惜每一天,首先从珍惜黎明早起做起。荀子讲,"不积跬步,无以至千里",所以中华文化有一个重要的特征:从小事做起,积小成大;积小善成大德。这就是朱柏庐先生写家训要从"黎明即起,洒扫庭除"开始写的原因。

朱柏庐先生第二句讲,洒扫庭除。"庭"是院子,"除"是台阶,"庭除"就是指庭院。早上起来先打扫。而这一句话有极强的象征性。我小的时候,梦乡中就听到唰唰的声音。那时候是那种老式的木窗户,打开一看,我妈在扫院子,天刚蒙蒙亮。完了以后呢,去擦我们桌子上那些香炉。我问:"为什么要天天擦呢?一点儿灰尘都没有啊。"她说:"这是你奶奶留下来的传统。"用一块抹布,擦得干干净净的。按说如果没什么灰尘,按照现代人的习惯,那就是一周打扫一次,或者一个月打扫一次,你看她就是天天要打扫。我当时不理解,后来才知道,那也是家训家规的一部分。而从象征的层面来讲,"洒扫庭除"就是打扫心灵。那么打扫心灵从什么时候开始?一醒来就开始。生活工作开始之前,我们先要打扫心灵。因为按照古人的说法,我们带着灰尘,就会把灰尘带到工作和生活中,所以先打扫心灵,再进入工作和生活状态,这是中华民族的古老传统。

一屋不扫,何以扫天下?所以中华文化有着很强的象征性,我们在做每一件具体的事的时候,都要想到它是心灵的投射。从空间的角度讲,"洒扫庭除"是对空间的礼敬。我现在每一次出差离开宾馆房间前,都会把房间收拾整洁,还要鞠一躬。为啥呢?这个空间它也是给我们服务过的,它也充满着微生物,它也可以被理解为一个人格化的生命体,所以古人把"洒扫庭除"上升到哲学层面。而最好的阳气提供者就是太阳,所以从迎接生机来扶阳,来获得朝气蓬勃的那个"蓬勃",把朝气变为我们的生命力。这是《朱柏庐治家格言》的第一句:"黎明即起,洒扫庭除,要内外整洁。"最后落在哪里呢?落在"内外整洁"。家庭能够内外整洁,那我们的心灵就能内外整洁,而我们的心灵内外整洁,就有秩序感。

"黎明即起,洒扫庭除,要内外整洁。"这是对时间、空间、大自然和生命的礼敬和响应,这是生命获得生机勃勃的"生"的一个美好开端。那么我们拿《朱柏庐治家格言》和《弟子规》一对比,就会发现古人读书的旨趣。你看《弟子规》开篇讲,"父母呼,应勿缓",这是讲我们在人伦上对根的呼应,对吧?父母是我们的根。《朱柏庐治家格言》在开篇就让我们向大自然父母致敬,"黎明即起,洒扫庭除"就是对"父母呼,应勿缓"的呼应。所以从这个意义上来讲,古人读书、古人做功课,都具有相同的规律性。

《弟子规》最后讲"圣与贤,可驯致",而《朱柏庐治家格言》呢,最后讲"为人若此,庶乎近焉"。其实它们的意思是什么呢?意思都是,我们读书的目的,都是为了回到我们的根本故乡,回到我们的根本桃花源。所以我们把握了它们的开篇和结束之后,就知道作者的行文是一个什么样的结构了。实际上,古人认为一篇文章就是一个生命体,一篇文章就是生命本身,所以从这个意义上来讲,文章的结构就是生命的结构,就是大自然的结构,也是整个宇宙的结构。那为什么我们讲"黎明即起,洒扫庭除,要内外整洁"是对时间的礼敬、对空间的礼敬、对大自然的礼敬、对生命的礼敬呢?原因就在于古人认为我们的小宇宙跟大宇宙是一体两面,是天人合一的结构,所以中华文化的最大特征就是整体性。我们讲,《朱柏庐治家格言》的第一句落在了"整"和"洁"上,"整"就是不缺,"洁"就是不染。在一定意义上,"整"和"洁"也就是频率一致。

《朱柏庐治家格言》和《弟子规》一样,它的旨趣,最终要追求的境界都是"圣与贤,可驯致",都是"为人若此,庶乎近焉"。"洒扫庭除"追求的整洁,既是物质层面的整洁,也是心灵层面的整洁,所以它有两个不同的层次。由此,我们就知道古人做学问,做的是真学问。当然,今人也是一样,我们要向古人学习,所以这个"整"和"洁",是对生命的追求,是一种境界,通过具体的"洒扫庭除"来完成。我们也就知道古人为了保持生命的流畅性,第一要做到不缺,第二要做到不染,生命的电阻一定要归零,这就是"黎明即起,洒扫庭除,要内外整洁"的价值所在。

二

接下来,朱柏庐先生讲"既昏便息,关锁门户,必亲自检点",这又是画了一个圆。从早到晚,如果说黎明开门是对生命的一次开启,那么第二句就是讲如何把圆画圆。"既昏便息,关锁门户,必亲自检点",这又是一个象征。这个"既"在甲骨文里面怎么理解呢?就是一个人吃完饭离开桌子要走了,就是事情结束的意思。"既昏"就是到了傍晚,天黑了,我们就要休息,干吗呢?"关锁门户"。我们都知道中国是一个农业社会,农业社会的一个重要特点,就是它使我们的生活具有稳定性。这种稳定性使我们的生活是一种院落生活,所以特别是在古代的那种大家族、大庭院,晚上一定要检查院落的门关得好不好,当然也有一些地方治理得"路不拾遗""夜不闭户",那是另一种境界了,反正普通人家晚上都要检查门窗关好了没有。中华文化有着多层次性、象征性,一个人养成了晚上"关锁门户"的习惯,那么他在每一个生命的片段当中都会养成一个习惯,那就是"检点"。

许多生命的悲剧来自轻率,念头起的时候不知道,念头落下去的时候也不知道,"小偷"进来也不知道,为啥呢?没养成"关锁门户"的习惯,给生命的"小偷"可乘之机。我们的戏剧都是大团圆结局,所以我们的课程设计也是这样,哭哭啼啼的课程一定是在前两天,而最后那一堂课一定要喜悦,为啥呢?"关锁门户"的时候我们不能漏能量。

"黎明即起,洒扫庭除,要内外整洁","既昏便息,关锁门户,必亲自检点"之后,是"一粥一饭,当思来处不易"。在这里面,作者强调了"不易"两个字,就是不容易。我在随笔集《寻找安详》里写到了一个生命遭遇的过程。我们可以想象,一粒种子要经历春夏秋冬,所以"一粥一饭,当思来处不易",这个"不易"听上去真的沉甸甸的。我是农民的儿子,我耕耘过。一个耕耘的过程,从夏天收割的时候就开始了,整个秋冬要为来年的春天做准备:要打耱,要保持墒情良好,要选种子,也要准备肥料。古人种田不像我们今天,他们用的是农家肥,要一担一担地施肥,然后播种。风调雨顺还好,如果风不调、雨不顺,就白干了。我也观察过禾苗从土壤里破土而出的过程。遇到干旱天气,你会看到禾苗破土而出的艰难,有些种子就完不成这个过程。所以中华民族特别强调对粮食的尊重。

三

朱柏庐先生讲"勿营华屋,勿谋良田",意为不要买太华贵的房子,不要买过多的田产。为什么呢?老子说:"甚爱必大费,多藏必厚亡。"空间是天地的,你占用越多,损的福越多。田地是用来种粮食吃的,如果你全用来建了住宅,你剥夺了多少稻子生存的环境?所以天地精神,它是"损有余而补不足",如果我们不能自己平衡,天地就要平衡。

曾国藩的弟弟曾国荃,因为湖南老家的房子很久没修了,拿出几千两白银要修屋子。曾国藩反对,他认为做官最可怕的就是买田置房,劝他弟弟放弃修葺,结果弟弟不听,曾国藩就发誓从此不再走进这个新屋子一步。曾国藩为什么这么做呢?曾国藩明白,你一旦"营华屋",福气就损掉了。那为什么有那么多的人把家搞得那么豪华呢?他们就是没有把这个理搞明白。我们常讲,空间是天地的,它是资源;时间是天地的,它是资源;土地是天地的,它是资源。我们要用最少的资源来过俭朴的生活,把福气积攒下来,"转移支付"给子孙后代。所以曾国藩这样做对吧?对呀。曾国藩的人生理念、人生目标是做圣贤,而做圣贤需要能量,需要从俭德入手。

比如范仲淹,当年有人说他家有一块地,如果他把他家的宅子建在那儿,他家的子孙就会兴旺发达,事业会绵延昌盛。范仲淹说,是吗?那好啊,既然风水这么好,把学校建在那儿,让家家子孙都发达。皇帝给他上百两黄金,人家干吗呢?买义田,让家族中的每一个人都上得起学,娶得起媳妇,买得起棺材,生活没有忧愁。而范仲淹的义田到清朝的时候已经增加到五千多亩,他是中国历史上义田的开创者,其义田也是时间最长的,从这里你就可见范家的家规多严格。范仲淹难道给自己留不下一些下葬的钱吗?但他死了以后,后代居然没钱给他下葬,惊动了朝廷。一问,钱全买了田了。再一问,人家那是义田,不是自己的田,是归全族人用的。后来他在苏州投资建设的乡学,也成为当地教育的典范。范仲淹把钱全花在为人民服务上,他的后代就厉害呀。

"勿营华屋,勿谋良田。"因为古人认为房屋、良田把我们的福气变成低频存在,所以我们要把低频的存在变成高频的,变成我们能带走的,这是朱柏庐先生的智慧。现在的房价高,固然有各种社会原因,那么就跟消费者追求奢华的心理没关系吗?也有。当每一个人增加十平方米,那你想整个空间有多少?那为什么朱柏庐不让子孙买良田呢?按道理买良田没错,朱柏庐却让他的子孙过一种俭朴生活,有些薄田可以糊口就行。

那人生"勿营华屋,勿谋良田"干什么呢?这篇文章的后面讲得很清楚:"读书志在圣贤,非图科第;为官心存君国,岂计身家。守分安命,顺时听天。为人若此,庶乎近焉。"这就是成圣成贤。而要成圣成贤,就要跟欲望做斗争。

所以"勿营华屋,勿谋良田",就是把对物质的依赖降到最低,向内找幸福,过低成本的幸福生活。按照古人的说法,一个人能真正地天人合一,他本身就是幸福的,这就是《清静经》讲的"人能常清静,天地悉皆归"。

古人还有一种理念,一种大公无私的思想。比如当年楚王去打猎,把一张弓弄丢了,随从要去找,楚王说不找了,为啥呢?"楚人失之,楚人得之",就是我的弓被别人捡到了,相当于我得了,弓还是在楚国。据说这话传到孔子那里,孔子说把那个"楚"拿掉,"人失之,人得之",心胸更广了。后来又有一个人,据说是老子的学生,跟他的老师讲了以后,老子说,再把"人"字拿掉,是"失之,得之"。因为到老子那里,万物一体,没人了,哪里还有什么楚人?你看,心胸在一层一层扩展。后来又有一个学生讲给他的老师,他的老师说,本来就没有得,没有失,讲什么得失?这是讲几种文化的境界,从"楚人得失",讲到"人得失",讲到"得失",讲到"没有得失"。没有得失心的时候,这个人就是圣人了。那么一个人成为圣人之后,连"华屋""良田"的概念都没有了,他是奔着这个去的。

"勿营华屋,勿谋良田",把对天地资源的占有欲降到最低,保证生存即可。向内找幸福,把外延式的幸福变为内涵式的幸福。

四

朱柏庐先生教子第一课,要他"勿贪意外之财,勿饮过量之酒"。朱柏庐先生很有智慧,讲完人性的弱点之一贪财,接下来讲什么呢?贪酒。其实,贪财和贪酒有时候是一体两面。

《论语》里面讲,孔子"惟酒无量,不及乱"。有人就抓住这句说,孔子酒量很大,但从来没有喝醉过。我的理解是,孔子这个人,不给大家定喝多少,但有一个标准,那就是你别喝醉,不要出乱子,这是儒家对门人的要求。一瓶酒的酿造得多少粮食!

"勿饮过量之酒。"从这条家训我们可以看出朱柏庐先生的儒家风范。他没有说他的子孙不能喝酒,可以喝一点点,但不要过量,这是"中道"。但是,人生最难的是,怎么做到不过量。所以我在《〈弟子规〉到底说什么》这本书里面,讲了落实《弟子规》的六个原则,其中有一个原则叫一半原则。一个人很难把握在什么时候停下来。我有体会,本来不想吃饭,但是吃一口你就停不下来了,我把它叫作"开关一打开,就停不下来"。所以我现在用一个习惯来节制吃零食,什么习惯呢?刷牙,牙一刷,你发现你就可以停下来了。只要你开始了,要停下来，就需要智慧，也需要功夫。人生最难的就是在刚刚好时停下来。

儒家讲究礼乐文化，通常有"礼"它就要有一点儿酒。你看农村的婚礼，司仪让上酒的时候，那其实遵照的是古礼。按娘家人的辈分，那人很小，比如说七八岁的小孩，坐着上席，你二三十岁的人还要给他恭恭敬敬地倒酒，这就是古礼。今天人家是娘家人，平常见了面，互相打打闹闹得没大没小。那一天，给他倒酒的人可要恭恭敬敬的。如果娘家人不高兴，这婚礼就有可能办不成，这就是古礼在民间的传承。这么一下，还必须是双手，如果哪一天酒席上有人单手倒酒，娘家人把桌子一翻，回家，新娘不嫁了，那不就完了吗？我在《农历》里面写了"端午"一节，如果五月出嫁，人家六月坐在那驴子上不下来，那不就麻烦了？所以五月要早早地哄着人家六月，就是从这个来的，它是礼乐。所以，儒家没有做到严格戒酒。

接下来讲"与肩挑贸易，毋占便宜"。贪财是贪，贪酒是贪，占便宜还是贪，讲的是反贪。人性的第一弱点就是贪婪，贪婪来自没有安全感，用替代品找到生命安全感。"肩挑贸易"好理解，小商小贩。对那些小商小贩，我们不要去占便宜，这体现了中华文化的一种仁爱观。

我记得很温馨的一幕。当年从秦安来的小商小贩，我们叫"货郎子"。他们挑着担子，要从甘肃的秦安到我们宁夏来，不容易。我们特别盼望他们来。他们担子两端篮子里面是丝线、"颜色"（食用色素）这些东西，用头发换颜色，用动物骨头换颜色。这些货郎子主要是收头发之类，往往晚上就住在我们家了。那时候农村就那么淳朴，在家里一吃一住，还扯扯闲篇儿。第二天，干粮一吃，又装一些干粮，他就多给一包颜色作为馈赠。我们端午节烙花馍馍的时候用，过个什么节，在馒头上叠馒头，这些东西想起来都很美好。我就从我的父母身上看到他们如何盛情款待货郎子。家里本来只有一碗白面了，儿女们都没的吃，但这些人来，老人一定要做好的给他们吃。所以乡土文明真的是温情脉脉，人和人之间非常友好。对这些人，我们的老人教育我们不占便宜，以此来培养孩子的仁爱之心、谦让之心，来打消掉孩子从小利中起的念头。因为占这些人便宜，将来若有机会，就会贪图更大的便宜。

所以面对小商小贩，我都不起占便宜的心，养成习惯，将来就不会犯大错误。朱柏庐先生对这些"肩挑贸易"者的同情和爱护，还体现了他的平民意识，这也是"地德"在生活中的应用：大地是平等的，没嫌贫爱富。"与肩挑贸易，毋占便宜；见贫苦亲邻，须加温恤。"

我们不但要不贪、不索取，而且要给予，看到贫苦的人家，我们要给他们慰问、帮助、体恤、温暖。我在《农历》这本书的"大年"一章里面写到了许多细节。腊月三十，当全村人的对联都贴上了,父亲一看,有一家人的门上还没对联,但是红纸已经写完了。那个年代很穷,父亲就把我们粮仓房上的对联揭下来,晚上悄悄地贴在那一家人的大门上。过年,你总不能光着门过年。家是如此,我们的国、我们的族也是如此。

"大道之行也,天下为公,选贤与能,讲信修睦。故人不独亲其亲,不独子其子,使老有所终,壮有所用,幼有所长,鳏寡孤独废疾者,皆有所养。"这是《礼记·礼运》里面的话,让每一个人都有饭吃,都有生存的权利,这就是"地德"。"人法地",因为大地的品德,就是让每一个"大地之子"都共享"地利"。

同样,天地对每一个人都是公平的。我们有几千年的历史,现在到了最好地体现我们文化核心的时代,我们为什么要用那么大的力气消除贫穷,去扶贫?其实深层的文化就是"大同文化"。不管在哪一朝哪一代,只要是有良知的明君,他都会这样对待百姓。但是在今天,我们完成了可能空前绝后的壮美一页,就是所有的人都告别了贫穷,那么下一步就要乡村振兴了。这就要把《朱柏庐治家格言》的这一句,上升到国家层面的同理性认知。因为中华文化讲一体性,你就是我,我就是你,幸福着你的幸福,痛苦着你的痛苦。

子贡当年问孔子:"有一言而可以终身行之者乎?"您能否用一个字给我讲一讲,我可以一辈子用的道理和智慧吗?孔子说:"其'恕'乎!己所不欲,勿施于人。"你不愿意贫困,那你就要让别人也别贫困。所以,一个人真的到达圣贤境界,就真的能感同身受。如果别人不幸福,他自己是很难幸福的。一个无我的人,最后的痛苦其实就是他人的痛苦。所以济人之急、救人之危。一个无我的人,他生命中只剩一件事情,那就是全心全意为人民服务。生命不息,助人不止,所以"见贫苦亲邻,须加温恤"。

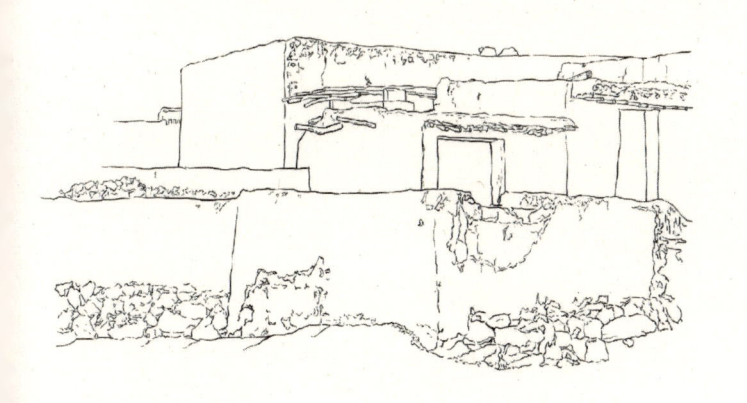

第二辑

「乡愁」再也不是余光中诗中的那个「乡愁」了，也不是「乡」和「愁」两字相加所指的「乡愁」了，而是一个可以兼收并蓄优秀传统文化、红色革命文化、时代先进文化的新概念了。

中华文化的成功归位

大型纪录片《记住乡愁》的第一季关注古老村落状态,讲述中国乡土故事,重温世代相传祖训,寻找传统文化基因,意义深远。

《记住乡愁》的拍摄是一次文化归位行动,实现了维护文化本体的价值。

历史一再证明,要想天下大治、国泰民安,必须让真正的文化归位,归于顶层设计,归于政府行为,归于百姓生活,成为人们心灵不可或缺的大米、阳光和空气。真正的文化是核心价值系统,它是一种改造力、引导力、建设力、和谐力。让不孝敬的人变得孝敬,让不尊师的人变得尊师,让不爱惜资源的人变得爱惜。这也正是《记住乡愁》价值所在。

《记住乡愁》是一次成功的传统文化当代化工程,是对文化的正名。

《乐记》有言,"奸声感人,而逆气应之","正声感人,而顺气应之"。只有正念才能生正气,只有正念才能产生正能量。

没有中华民族整体能量的提高,复兴中华民族就只是一个美好的愿望。而要提高中华民族的整体能量,首先要扶正中华民族的集体意识。而要实现这一整体性的扶正工程,需要国家强有力的倡导和推动,让基因性的中华优秀传统文化进决策、进教材、进学校、进企业、进机关、进媒体。一如礼乐,"在宗庙之中,君臣上下同听之,则莫不和敬;在族长乡里之中,长幼同听之,则莫不和顺;在闺门之内,父子兄弟同听之,则莫不和亲"。关键是要"同听之",同生团结,团结聚焦能量。《记住乡愁》无疑是治世之音,是"中国符号",应该在国家和地方频道一而再、再而三地播放。

文化最终体现在一个民族的思维方式、生活习惯上,从一定意义上讲,它就是人们的思维方式、生活习惯。只有如此,文化才能成为永恒生命力。要让文化归位,就要让优秀的中华民族传统文化再度成为人们的生活方式、工作状态,"大乐与天地同和,大礼与天地同节"。这种与天地之同感,既是中华传统文化的精髓,也是中国人的基本思维方式。正是这种同感性,让忠孝勤俭廉、仁义礼智信成为中国人为人处世的立场、原则和方法。《记住乡愁》反映的正是这些中国人经过千余年岁月检验的具有强大生命力的思维方式、生活习惯。

《记住乡愁》的拍摄,更让担当精神归位,实现了中华民族传统的典型引路。

毋庸讳言,传统文化断代一百年,要想系统恢复,至少需要一两代人的周期。可是,时代急需优秀传统文化,核心价值观的落地急需优秀传统文化,实现中国梦急需优秀传统文化,怎么办?近年来,一些出版社出版的书籍、光盘,一些媒体开辟的栏目,一些学校开设的课目,一些地方开办的书院、讲堂,特别是力行类大型公民道德公益论坛,已经为优秀传统文化的现代化普及提供了可借鉴的经验,受到了老百姓的热烈欢迎。但这一切毕竟不能大面积推进,形成大气候,要想形成大气候,就需要央视这样的大传媒平台进行担当式推动。《记住乡愁》的拍摄,无疑是一个具有不可替代性的成功典型。

中华民族的精神吸引力

二〇一六年一月三日,大型纪录片《记住乡愁》第二季六十集在央视国际中文频道每晚黄金时间播出,这次播出再度掀起乡愁热。从节目组进行的收视调查来看,海外观众反响尤为强烈。我以文字统筹和撰稿的身份深度参与了节目的采拍和制作,也多方面跟踪收集播出效应,深刻感受到节目的重大影响力。特别值得一提的是,节目在成功实现了诸多预期价值之外,还收到了不小的现实干预效果,为现代人走出迷茫与焦虑提供了许多新的出口。据笔者所知,有不少人在观后进行了生活化复制和精神性借鉴。

大家普遍认为,节目以"关注古老村落状态,讲述中国乡土故事,重温世代相传祖训,寻找传统文化基因"为宗旨,展现了传统村落优美和谐的自然环境、布局合理的人文景观、丰富多彩的民风民俗、独具特色的乡土风物、深沉丰厚的文化积淀,梳理了传统村落的历史发展脉络。通过传承千百年的村规民约、家风祖训,探索了民族文化的精髓,深入挖掘和阐述了中华优秀传统文化"讲仁爱,重民本,守诚信,崇正义,尚和合,求大同"的时代价值。

通过一期期宏伟、唯美、抒情、诗化的节目,人们惊叹,"乡愁"居然蕴藏着如此巨大的生命力、和谐力、建设力,居然如此紧密地连着天地,连着先祖,连着岁月,也连着吉祥如意。它是生机,是春意,是真理在大地上生长出来的庄稼,是四两拨千斤的"四两",是万变不离其宗的那个"宗",是"君子务本,本立而道生"的那个"本"。

一个家族,能够传承千年,其历史跨度超过许多民族、许多国家;一个族谱,能够保留千年,无论是战乱还是瘟疫,都未能让它从大地上消失;一个村落,能够成为状元村、翰林村、将军村、长寿村,能够几百年来没有刑事犯罪,能够做到路不拾遗、夜不闭户,充分证明了其文化逻辑的先进性。

一个受过重伤的人,最重要的是恢复元气。当下社会,各种危机困扰着人们,说一千道一万,其原因在于我们没有恢复这些隐藏在人民之中、深埋在岁月深处的原始生命力。它让我们反思,要想降低社会治理成本,就要从头痛医头、脚痛医脚的技术管理层面,回归到四两拨千斤的文化管理层面。为此,《记住乡愁》的拍摄,价值不可估量。如何恢复传统,是值得我们思考的问题。近年来悄然兴起的经典诵读、公益论坛,包括各部委陆续出台的许多制度性措施,都是值得肯定的方式,但如果不将之化为人们的生活方式、工作方式、伦理方式,依然无法从根本上解决问题。这也就是为什么有许多高学历的人,日子过得很糟糕,而一些大字不识的老太太,不但自己活得幸福,还可以把一个家庭管理得井然有序的原因。可见,知识不能代替智慧,学习不能代替行动,智慧主导下的行动力才是最关键的。在《记住乡愁》第一季六十集中我们看到,支持这种行动力的首先是天地敬畏、祖宗信仰、德性建设,还有像生命本身一样重要的文化传承硬件,如祠堂、族谱、书院、私塾、戏园、公共建筑等,以及族规家训、节日、祭礼、婚礼、葬礼、寿礼、开蒙礼、成年礼等软件。

这些物质平台和精神链条,让人们有了一种建立在对生命清晰认识之上的道德自觉和责任自觉,以及由此产生的历史性担当和超越性生命姿态,让人们普遍有一种"学做好人"的冲动;激发爱心、培养爱力、形成爱行,增长学识、增加见识、增强胆识,成为永恒的成长主题;幼儿养性、童蒙养正、少儿养志、成人养德、老人养慧,成为永恒的生命历法。

看过节目的观众一定会惊叹:

这个世界上,曾经有一种生活,是那么自足、自在、自得、自由、潇洒、浪漫、诗意、喜悦、幸福、圆满,但成本却低得只需要一片土地就足矣,甚至只需要一个好心情。这个民族,它不单单追求法律意义上的社会成就,更追求心灵意义上的生命成就,它甚至追求要在起心动念处享受生命、超越生命,完成生命能量的管理和应用。它懂得在出发地就享受生命和生活之大美,而不是一定要到远方,取得多么大的成果,甚至不惜以伤害他人为代价。一句话,这是一个懂得并善于以最低成本享受最大幸福的民族。

从这个意义上说,《记住乡愁》不但是华人之福,更是人类之福;不仅是中国梦,更是人类梦的一个模型。

第二季节目既有对第一季的精神性延续,又有深化和拓展。如果说第一季更多地在表现"厚德载物",第二季则突出了"自强不息"。

比如被称为"绝壁上的村庄"的河南郭亮村,当地村民不惜一切代价,甚至流血牺牲,最终在无比险峻的悬崖绝壁上开凿出长达一千二百五十米的绝壁长廊"郭亮洞"。而被外界誉为"世界最险要的十条路"之一、"世界第九大奇迹"的"郭亮洞",向世人讲述了一个个感天动地的新时代愚公故事。他们又修成远近闻名的"好汉梯",并在绝壁上建起公共观光台和高端农家乐"崖上人家"。与此同时,不少后生走出郭亮村,漂洋过海,把郭亮人自强不息的精神带向世界。

在新疆赛罕托海村,土尔扈特人东归的壮举可谓荡气回肠,漫漫长途让十七万人回到故乡后仅余不足七万,其所表现出来的家国情怀,让人唏嘘。当他们终于回到根脉相连的大草原之后,对草原的热爱和保护,同样让人动容。而海南草塘村人守护祖宗海的故事,有着相似的感人力量。沉浸在具有同样精神气质的故事中,"故土"一词有了格外的温度。我不禁想:这海洋,何尝不是南国的草原?这草原,又何尝不是北国的海洋?它们是亲兄弟。

这种自强不息的精神,见诸福建塘东村、安徽许村、广东沙溪村。

对"自强不息",通常的解释是"自觉努力进取,不懈怠,不停止"。而早见于《周易》中的"自强不息"则是"天行健"大前提下"君子"的理想生命状态。为此,在我看来,这个"自强不息",正是"天行健"精神的人格化,或者说,是"天行健"气质的人间投影。由此,"自强不息"还可理解为:因为"自强",所以"不息"。而"自强"又可以理解为因为"自"所以"强"。这个"自",是本来、根本、本体。在中国人看来,根是源头性、整体性、自然性,体现在心态上就是通过有分别的亲爱训练和较少分别的兼爱实践,到达无分别的大爱。

这种没有分别的大爱,充溢在第二季的节目中。

在福建廉村,我们看到,廉洁已经成为一种生活风尚,一种生命审美。其族谱中有这样的规定:贪污者除名,不得埋入故土。贪污正是因为私心所致,而私心来自爱的分别。当一个人的爱扩展到没有人我分别时,贪欲就会自动脱落。既然你就是我,我就是你,就没有必要把别人的东西设法归于己有了。

在西藏吞达村,人们在耕种时要给牛系上鲜艳的布条,挂上铃铛,让田里的小动物们看到听到,然后早早离开,以免被伤着。在北京慈母川村、广东沙溪村、安徽仁里村、安徽许村,都洋溢着一种大同世界的味道。在宁夏南长滩村,若谁家有人过世了,全村人都要停下农活投入到丧事中,即便是在抢收时节。

只有以德报怨,才能从冤冤相报的仇恨之河上岸,才能让报复性生命悲剧当下终结;而只有仇恨当下终结,喜悦才能到来。否则,来自生命本体的快乐将被仇恨遮挡。想想看,当一个人把心里的仇恨清理出去,那该是一种怎样的欢畅?就是说,以德报怨,受益的首先是自己。以德报怨,本身就是在清理我的旧记忆,也就是净化灵魂,仍然是自己先受益。更为重要的是,在智者看来,事情的成败固然重要,但心灵的成败更重要。如果一件事情成功了,但心灵的高度降低了,仍然不算成功。智者永远把来到生命中的每件事情作为提高心灵质量的机会,所谓"历事炼心"。当一个人能够以德报怨时,说明他的心灵已经宽广到可以把仇恨忽略不计,也说明他的心里已经没有人我分别。而一个没有人我分别的心灵,显然已在天地频率中了,已经可以归根复命了。从生命力的角度来讲,只有以德报怨,我们才能把向下运行的生命负能量变成向上运行的生命正能量。当一个人因为报怨把生命能量降低了,赢也是输。这也就是老子为什么要说"为无为,事无事,味无味。大小多少,报怨以德"的原因。

浙江东明村里宋濂的一句话,可以帮助我们理解什么是自强不息的次第。他把人分为"三品":"三品追求富贵,二品追求功名,一品追求道德。"为此,东明村上演了郑氏义门三百多年十五世同居、三千多人同食的"自强"大戏。这让我们明白,没有载物之厚德,就很难有不息之自强。自强需要生命力做保障,而生命力正是厚德之根开出的花朵。换句话说,"二品""三品"不过是"一品"的派生物而已。正如《大学》所说:"有德此有人,有人此有土,有土此有财,有财此有用。"可见最有效的自强,就是找到这个作为根本的"自",它就是《大学》开篇讲的"明明德"。如何"明"这个"明德"?换句话说,如何"强"这个"自"?在我看来,有以下三个极为重要的方面。

一是教育。《礼记》有言,"建国君民,教学为先"。在《记住乡愁》第二季节目里,有许多村落都极其崇文重教,比如广西金圭塘村、江苏陆巷村、云南喜洲村、福建兴贤村、河南张店村、广东歇马村、福建洪坑村、湖北鱼木村。崇什么文,重什么教,究其实,都是为了"明明德",因为只有"明明德",才能实现"亲民",才能"止于至善",才能实现没有分别的大爱。这个没有分别的大爱,既是现实生活的保证,更是生命的终极意义所在。

二是谦德。《周易》八八六十四卦,卦卦有吉有凶,只有谦卦全吉。也就是说,只有谦德能够保持永恒生机。一个人,当他谦到极处时,其德自明,其功自成。正是这种谦德,让浙江三门源村叶翁两家情同手足,永修睦好;让云南芒景村、勐景来村人心平气和,温和处事;让广西金秀瑶寨、福建浦源村人敬爱自然,珍爱家园。在浙江三门源村,叶翁两家有一种神圣意味的谦让,让两家人即使偶有矛盾,也能很快化解。在云南勐景来村,人们有一个条件反射性的表达:苏玛,意即"对不起"。正是这个习惯性的集体无意识,让人们始终处在谦态,从而让家庭和乐,邻里和睦。

以上两个故事,是狭义的谦德范例。广义地讲,孝悌、忠信、礼义、廉耻、仁爱、和平等一切美德都可归到谦德门下。

三是诚信。诚信也是谦德。在此之所以单独列出来,是因为它太重要了。生命的意义无非在于提高生命力,而要提高生命力,则百术不如一诚。《中庸》讲:"唯天下至诚,为能经纶天下之大经,立天下之大本,知天地之化育。"这一点,我们在广西罗凤村、湖北羊楼洞村、江西汪口村看到了实证。特别是广西罗凤村的无人售菜市场,如果不是媒体实地采拍,人们很难相信那是真的。它是一百多年前自发形成的。农忙时节,无暇看守菜摊的村民想出了一个办法,把写好价钱的小纸牌绑在菜筐上,再系上一个供人放钱的小竹篓,便离去做事,忙完回来,发现买菜的人竟然心领神会,拿走了菜,留下了钱,且数量刚好。之后,越来越多的村民效仿这一做法,逐渐形成了无人售菜的习俗。斗转星移,岁月更替。一百多年过去,无人售菜的习俗至今未变。

让人称奇的是,一百多年来,无人售菜市场竟然没有丢过一把菜、少过一分钱。"不怕人家不给钱,但是人家也不会不给钱。"这句话值得重视,因为信任,所以守信。首先是信任,其次才是守信。信任是感,守信是应。这样的诚信盛况,一定有一个强大的信仰力量在支持。"骏马登程往异方,任从胜地立纲常。年深外境犹吾境,日久他乡即故乡。朝夕莫忘亲命语,晨昏当荐祖宗香。但愿苍天垂庇佑,三七男儿总炽昌。"细细品味这首村民口口相传的歌谣,我们会发现,答案就在"朝夕莫忘亲命语,晨昏当荐祖宗香"中。试想,一个人如果朝夕记着祖宗教诲,晨昏都在祖宗面前反省,还会做出诈伪之事吗?这种"亲命语",在罗凤村,是通过润物细无声的方式完成的。

在节目中我们看到,大人常常把孩子带到无人售菜现场"实习",让他们投钱取菜,从小就体会一种只有诚信才会带来的大快乐。

《记住乡愁》这样的节目,已经具有了一种心理干预的效果,它们就像一簇簇向岁月和大地报春的花朵,沁人心脾。无疑,这是中华大地的元气,也是中华民族的福气。

中华长寿之秘密

在给纪录片《记住乡愁》做文字统筹的过程中,我十分强烈地感受到,中华文明之所以成为世界上唯一一个没有中断的文明,和中华民族对孝道的格外重视密切相关。透过历史的重峦叠嶂,我甚至能够感觉到,国家是把它作为第一生产力来培植的。几千年来,国家一直紧紧盯着道德建设,进行顶层设计、主体建设,无论时光如何流逝,朝代如何更替,这一方向始终未变。关于这一点,《记住乡愁》为我们提供了有力的证据。

安徽屏山村的舒善天高中探花却不赴任,只为能在家乡照顾年迈多病的母亲。明嘉靖皇帝下旨兴修"孝字牌坊",以示嘉奖。

浙江斯宅村的史伟,在孙权手下任廷尉,一次巡视监狱时,发现许多犯人的刑罚过重,就将他们释放了。此举受到了言官弹劾。孙权听后,勃然大怒,降下死罪。史伟的两个儿子闻讯,联名泣血上书,愿意替父赴死。孙权感动于兄弟俩的孝义,不但赦免了史伟的死罪,还赐史伟幼子为"孝义郎"。

浙江荻浦村的申屠开基关怀父母无微不至,冬天焐热被窝,夏天驱蚊纳凉。父亲重病,他远涉百里,求医问药。父亲患疽,医生都以为不治,他以口吮之,将脓血一一舔尽,最终治好了父亲的病。申屠开基死后,他的事迹广为流传。乾隆三十五年(1770),一份由荻浦全村人联名书写的孝子事迹,历经十六年层层核查,最终到了乾隆面前。乾隆深为感动,批准荻浦村修建一座三间四柱五楼式的牌坊来表彰申屠开基,这在当时为最高规格了。同样让人感动的是,二百多年间,每逢孝子牌坊损坏,村民都会不遗余力地修缮。

四川年画村的李藩,在外乡任训导,得知父亲身患重病后,便辞官回家尽孝。冬日,他每天都要为父亲把被子暖好;夏时,他要把蚊子赶尽才让父亲进帐睡觉,并且要等到父亲熟睡以后才离开。父亲去世后,他又依照古礼,守墓三年,早晚到墓前上香献供。嘉庆皇帝获知此事后,赐予其一对石桅杆,以示表彰。

浙江大陈村的汪乃恕不仅孝顺,还仗义疏财,捐资兴教,造桥修路,成为"移孝作忠"的典范。民国政府给他颁发"孝德永彰"牌匾以示褒奖。

现在看来,这些牌坊、桅杆、牌匾已经不是一些物件,而是一个个铆钉,钉在了中华民族这艘巨轮的关键之处,让它能顺利航行在充满风雨的历史长河中。

国家如此,作为国家细胞的家族更是如此。族谱、祠堂、公共建筑,这些永久性载体,让孝道成为空间主题,成为生存语法,也成为生活修辞。

在广东南社村,谢氏后人将尊祖敬宗作为祖训写入了族谱,规定家族须为先人建立宗庙祠堂,供后人世代祭祀。这样一个小小的村庄,鼎盛时竟同时出现了三十四座祠堂。百岁祠、百岁坊、百岁塘,比比皆是。

浙江前童村有一栋古建筑"泽思居","二十四孝"的故事被完整雕刻在房檐上,门楣上"职思其居"四个大字告诉人们,为官不能忘记故乡。村口的"着衣亭"则提醒每一位在外做官的前童子孙,无论官有多大,都不能在父老乡亲面前显露,到了村口,文要下轿,武要下马,脱下官衣官帽,换上布衣,步行回家。尤其让人感动的是,前童先祖不但为本族孝行树碑立传,还修"永慕堂"旌表外族典型。汉朝的石奋和四个儿子均因孝悌忠良官至二千石,石奋因之被称为"万石君"。为此,前童先祖建永慕堂以示敬仰。

在浙江斯宅村著名的"千柱屋"里,有一块精美的砖雕"百马图",上面的骏马姿态各异,形象生动。但仔细数数,却只有五十三匹,再看,旁边留有空白。相传雕刻师傅雕到第五十三匹马时,他的母亲病了,他忙向东家告假,回家照料,比雕马还用心。东家被他的孝义感动，执意不再另请高明将图补齐，借此启发人们的孝心。

为了让孝风成为气候，人们还把孝道镶嵌进岁月，变成节日，化为风俗，作为宣传的核心内容。

在湖南岩门村，按照康氏祖先成规，每年农历六月都要演目连戏。相传目连的母亲吝啬贪婪，死后被打入阴曹地府，受尽酷刑。为了救母，目连出家修行，得了神通，来到地狱。在侍奉母亲吃饭时，没想到饭菜还没到母亲口中，便化成火炭。目连见状，悲痛欲绝，乞求佛陀慈悲为怀，救他母亲。佛陀告诉他，靠一个人的力量是无法拯救的，必须借助十方僧众之力。目连便在农历七月十五日设盂兰盆会，请十方僧众超度母亲，终于使母亲脱离苦海，进入天堂。

看着"目连戏"长大成人的康志仁，于清乾隆年间高中举人，在县衙为官，公正廉明，为老百姓做了不少好事。后来，由于高堂双目失明，他便辞官还乡，专门在家伺候，四十年如一日。母亲喜欢回娘家，他背着母亲，过溪要跃跳岩桥，他担心颠着母亲，便涉水而过，即便是三九寒天。康志仁的孝行感动了两个在外为官的弟弟，他们出资修了一座木桥和码头，结束了过溪要跃跳岩桥的历史。

在四川年画村，每年农历八月二十八日，村民都会聚集到姜孝祠祭拜，温习着姜家"一门三孝"的感人故事。母亲患了眼疾,姜诗背着母亲四处寻医治疗,不辞辛劳。妻子庞三春遭人诬陷,被婆婆赶出家门,可她毫无怨言,依然每天亲手做鱼汤孝顺婆婆。孩子安安每天从自己的午饭中省下一把米,攒满一袋子后给母亲送去。

四十二岁的徐世兰是姜孝祠里虔诚的香客之一。丈夫常年在外打工,繁忙的农活和照顾老人等重任,都靠她一个人操持。十年来,她心甘情愿地照顾偏瘫的公公和患有风湿病的婆婆。公公大小便失禁,她每天要给换四五次衣服。婆婆因风湿病关节常常疼痛,她每天给按摩来减轻痛苦。

在年画村,还有一个特殊的"孝亲节"。每逢正月初九,子女们都要给父母买上一双"孝亲鞋",并亲手为老人穿上。

浙江大陈村的"村歌书记"汪衍君,将始迁祖母慈子孝的故事创作成村歌传唱。在他的影响下,江山市妇联的志愿者们,每年以网络报名等方式,发起了"陪着父母游大陈"的孝德之旅。

值得注意的是,不少村子的敬老节日和活动居然是由祭祀祈福仪式演变而来的,体现了古人孝敬父母如敬天的思想。

比如荻浦村每年农历十月二十一日进行的敬老节,就是由祭祀土神和谷神的节日演变而来。这一天,儿女无论离家多远,都要赶回家过节,以继承先祖的遗训"永言孝思,终身行孝"。

广东南社村的千叟宴则来自斋醮仪式。据载，一九〇八年，南社村突遭瘟疫，上百村民因病去世，村里请来道士做起斋醮，祈福消灾，要求村民集体斋戒沐浴。后来年年举办，其中的吃素斋渐渐演变成专门敬奉老人的千叟宴。为此，村民谢进球不但一次捐款近十万元，还全身心投入筹备之中，免费向村中所有老人提供一日三餐的素食。

为了激励孝行，南社村居然还风行为活人立牌位。二十世纪八十年代末，南社人的生活日见起色，一些谢氏族人提出对村中年久失修的祠堂进行修缮，并提出凡是对重修祠堂做出重大贡献，或长期以来对村中长者孝敬有加的族人，可以将他们长辈的牌位请进祠堂。此举得到大家响应，既加速了募集资金的速度，又安慰了老人。这让我们思考，灵魂安妥机制对于生命的重要，对于传家的重要；也让我们理解，古人为什么要把养父母之慧作为养父母之身、之心、之志之上的一个境界。

如果从大孝的角度来看，《记住乡愁》第一季六十集都可归于孝道题下，而这六十集挖掘出来的，正是大地上的生机。生机让人长寿，人寿则家寿，家寿则族寿，族寿则国寿，国寿则文寿，而第一季所有节目的共同点正是山清水秀、人寿族旺。而要人寿族旺，就要修仁德，因为"仁者寿"。而仁的基础，则是孝。如此，说重视孝道是中华民族长寿的原因，大概不会有人反对。

不忘本原

透过重重叠叠的历史帐幔,我们会发现,不忘本原是中华民族保持生命力的重要秘诀。《论语》有言:"君子务本,本立而道生。"而道本身就是生命力。所谓"道生一,一生二,二生三,三生万物"是也。这一点,在《记住乡愁》第二季的许多篇章中,都得到了充分证明。

在四川桃坪羌寨村,但凡本原文化,无论是建筑、服饰还是歌舞,都被完整地保存了下来。三十多年来,王嘉俊一直在搜集整理与羌人生活有关的物品。二〇〇三年,他在家里办起了以实物展示羌人日常生活的民俗博物馆。他认为,一个家庭要知道自己的祖先,一个民族要了解自己的历史。对羌族来讲,因为没有本民族文字,这些实物就显得尤其重要。

这样的念古情结,在湖南双凤村则以跳毛古斯舞体现出来。从镜头中我们可以看到,那是一种对祖先当初生活状态的符号化描摹,是一部土家族的史诗长剧。在双凤村,还有一个奇怪的传统,那就是盖房要"偷"梁,但"偷"梁也要守规矩:

小树不偷,古树不偷,名树不偷。一般选择杉树或者柏树,因为这类树木砍掉主干后,还会从根部长出新枝,十年左右就可成材。就是说,他们"偷"梁不伤本。因此,在这个村子里,有四百六十多年树龄的古树还活着。

在四川宝胜村,我们看到,客家人对祖先的崇敬已经成为一种信仰。在任何时候,他们都认为今天拥有的一切是祖先的恩赐。这种报恩心理,折射在文化活动上,就是常演不衰的川剧《清风亭》。此剧讲的是薛荣妻妾不和,妾生之子被迫抛在荒郊,被以打草鞋为生的老人张元秀夫妻拾得,取名张继保,抚育成人。十三年后,张继保在清风亭被生母周氏带走。张元秀夫妻思儿成疾,每日到清风亭盼子归来。张继保得中状元,路过清风亭小憩。张老夫妻前往相认,但张继保忘恩负义,不肯相认,把老夫妻当成乞丐,只给他们二百钱。老夫妻悲愤已极,把铜钱打在他脸上,相继撞死在亭前。张继保也被暴雷殛死。

海南草塘村人干脆把西沙、中沙、南沙"三沙"称为"祖宗海",每年都要举行大规模的祭海活动,渔民每次出海前也会自发举行祭祀仪式。八十岁的苏承芬老人不惜用一个多月时间制作一艘帆船模型,以此怀念帆船岁月,同时让后代子孙感念祖德。在他看来,没有祖德,就没有子孙们的今天。他在南海闯荡五十余年,从未发生过迷航事故,正是凭着祖先流传下来的航海罗盘和手抄《更路簿》得以平安归来。

广西门头村的石牌古训是不忘本原的另一种方式,在村民心里产生的诫勉和约束力,在一定意义上大过法律法规,所谓"石牌大过天"。想想看,一块石牌立在村口,村民进进出出都要看着它,久而久之就会刻在心底。"种木护村,做善积福。毁木霸地,作恶遭祸。天地有眼,会有报应。"当这样的句子一旦成为人们的集体无意识,那将是一种怎样的自觉力量。成年礼上,老师会问学生,我们的传统、我们的古训,你依不依?学生回答,我们的传统、我们的古训,我们要永远遵从。这种一问一答的形式,让年轻人牢记古训,就像发誓一样。

这些誓言,作为一种敬畏力,将一直伴随着他们成长。在节目中我们看到,门头村人不但熟记这些古训,还把它们生活化。比如瑶医采药时遵从"积留"原则,即不挖采幼苗,能取秆的草药决不取根,决不采光挖尽。采完药,瑶医还要在采摘地撒上一小把白米,酬谢山林恩赐,祈愿药到病除。救治好病人后,瑶医还要进山答谢,以"挖一种二"的方式对大自然进行补偿。正是这种"积留"的观念,让大瑶山的中草药取之不尽、用之不竭,成为广西最大的药用植物园,也让大瑶山四万多公顷的成片森林成为广西最大的水源林。心态决定生态,敬畏涵养生机。最能体现这种生机的,就是长寿。金秀瑶族自治县是中国有名的长寿之乡,全县十五万人口中,百岁以上的老人有十四位,九十岁以上的有三百多人,八十岁以上的有两千多人。

在贵州占里村流传着这样一句话:"山林是主,人是客。"意即山林是永恒的主人,人们只是匆匆的过客。正是因了这句话,这里的森林覆盖率达到了百分之七十。每年农历二月初一,占里村的人们都要吹芦笙,唱大歌,盛装绕寨,祭石盟誓:"第一条,每家只能生育一男一女。第二条,村外的风水树、大树、古树,不准任何人砍伐……"占里人知道,他们今天的生活不仅得益于祖先的庇佑,更得益于千百年来与自然和谐共生的寨规约束。

在新疆天山山脉中部,有一片广袤的巴音布鲁克草原,草原上有一个流动的村庄,名叫赛罕托海村,汉语意为"美丽的山谷"。这里是东归的土尔扈特后裔的聚居地。他们常常将一句老话挂在嘴边:"牛羊离不开草原,江河离不开源泉,土尔扈特人离不开东方的故土。"这一句简单的话语,却蕴含了一段充满血泪的东归壮举。为了铭记这段悲壮的历史,也为了缅怀和祭奠先祖,土尔扈特人用"重走东归路"的方式,将先祖们不远万里回归故土的壮举,以及他们曾经付出的巨大牺牲,世世代代牢记于心。

三百多年前,土尔扈特先祖离开故土,向西游牧到伏尔加河下游,并在那里建立起游牧民族的封建汗国。到了十八世纪中叶,沙俄征召土尔扈特人加入军队,使其卷入连年战争,同时还强迫他们放弃佛教信仰,改信东正教,引起族人的强烈反抗。为了摆脱沙俄压迫,当时的首领渥巴锡汗决定发动武装起义。一七七一年一月,渥巴锡汗放火烧掉自己的木制宫殿,带领族人义无反顾地踏上重返故土的征程,向着东方前进。经过八个月的艰难跋涉,土尔扈特部终于到达家园,而出发时的十七万人仅余不足七万。土尔扈特部的东归之举得到清朝政府的高度重视和关注,乾隆皇帝在承德接见了渥巴锡汗,把一块最为丰美的草原赐予他们作为繁衍生息之地。受祖先的英雄壮举感染,大学毕业后,桑巴特没有留在大都市,而是回到了家乡工作,主动参与到东归实景剧的编排之中。为此,他多次走访村里老人,四处搜集资料,短短三个月时间,实景剧就正式向游客演出了。"草原再大,都没有放私心的地方。"当一个人没有私心时,自然会返本归原。

　　江西西湖李家村的故事,作为电视节目播出时,片名就是《不忘本原》。"水有源,木有本,人有祖,其来久矣,而流长则派别,不溯其流则失其源,祖盛则人众,不序其谱则昧其祖。"这是《李氏宗谱》明代修谱小引中的一段话。正如村民李国英所说:"家谱是一个宝,它有特异功能凝聚人心,为什么呢? 不管你来自哪里,只要我们是共一本家谱、共一个源流,我们就是一家人,万里关山都割不断,一见就如故。"

当人们从家谱中得知,他们的祖先是唐太宗李世民的三子李恪的后裔,老子李耳、名将李广、唐高宗李渊都是他们的先祖时,那该是一种怎样的自豪。该村人甚至把历史上杰出的李氏族人的事迹和为人处世的格言镌刻在村庄各家各户的门楣上,以激励后代。在中国历史上,无论是立于朝堂之上的高官、征战沙场的将军,还是富甲一方的商贾,年老之后都要告老还乡,解甲归田,在古人看来,这是人生"归根复命"的重要环节。在西湖李家村,这样古老的传统仍在延续。西湖李家村口牌楼上镌刻着"操存本原"四个大字。这是陇西李氏族谱中记载的祖训之一。这四个字源于孔子所说"操则存,舍则亡,出入无时,莫知其乡"。孔子把本原看作事物的根脉和做人的基本道德准则,告诫人们要恪守本原,否则行为无常,不知家在何处,更会心无着落。李森永的先祖六百多年前迁往台湾,在当地延续了二十多代。抗日战争中,李氏宗谱不慎遗失。半个多世纪以来,李森永的父亲常常思乡念祖,临终时嘱托他,一定要找到故乡,续接上族谱。为了完成父亲的夙愿,最近几年,李森永把自己的公司交给儿子管理,和妻子不断往返于祖国大陆寻根问祖。

行文至此,我不由得想起《道德经》中的一段话:"万物并作,吾以观复。夫物芸芸,各复归其根。归根曰静,是谓复命。复命曰常,知常曰明。不知常,妄作凶。知常容,容乃公,公乃王,王乃天,天乃道,道乃久,没身不殆。"

《记住乡愁》与文化自信

通过两年的筹备拍摄，备受人们关注的中华文化传承工程《记住乡愁》第一、二季已经胜利完成拍摄、播出任务，其中第二季摘得二〇一六年度"金熊猫"国际纪录片最佳人文关怀奖、第二十二届中国电视纪录片系列片十优作品奖，收视人数近十亿。该节目为提高中华民族的文化自信，增强中华民族的文化自觉做出了不可替代性贡献，也为人类可持续发展提供了实景范式，被中宣部领导誉为弘扬社会主义核心价值观的最生动实践。

让人欣喜的是，第三季六十集又在二〇一七年元旦开播了。

在我看来，这三季一百八十集节目，是电视人用三年心血编纂的新《四库全书》，筑就的新文化长城，开凿的新文化运河，建造的新文化航母，书写的新精神史诗，是中华文化的一次超常集成和空前博览，是中华民族精气神的跨时空汇聚，也是中华民族文脉的抢救性修复。相对于课堂式宣示、论坛式宣讲、文章式宣传,它更加生动、形象、鲜活,有温度、情感,有大地泥土的芳香,有人间烟火的气味。通过一个个唯美的镜头,我们看到了中华大地的好风光,感受到了华夏儿女的好风气。它无疑是中华文化优良性、生机性、合法性、不可替代性的最广泛、最基础、最深厚的展示,它让人们确信,中华文化完全可以为打造人类命运共同体这一宏伟历史性命题提供模板。

伴随着先祖们几千年的生存实践,中华文化的精髓早已融入人们的日常生活,成为中华儿女的另一片蓝天和大地、另一种阳光和空气,甚至日用而不觉。现在,编导们通过镜头生活化地规模性重现,让人们反观到它的巨大价值,从心底升起对这种根性文化的深厚自信。

作为节目的文字统筹,两年来,我见证了这个拍摄制作团队是如何超负荷工作的。无论酷暑还是严寒,神州大地上都闪动着他们寻根的身影;无论边关还是哨所,都洒下了他们探源的汗水。多少个假期,他们在剧组度过;多少个生日,他们在异乡举杯。想孩子了,看看视频;想老人了,打打电话。没有看到谁在敷衍,没有听到谁在抱怨。整个剧组时常处在一种攻坚状态,用制片人王海涛先生的话说,这是一次电视人的自愿长征,也是一次电视人的文化自觉。带着这种长征精神和文化自觉,他们走进了第三季。

不同于第一、二季的古村落，第三季节目的内容是古镇。众所周知，古镇有商贸、戍边、大户聚居等主要元素，那就意味着选题拍摄更有挑战性。在欣赏了已经完成的节目后，我非常欣喜地发现，较之前两季，无论是内容，还是表现手法，本季都有许多新的突破。

既然是古镇，就有不同于古村落的许多看点。如果说第一、二季展现了农耕文明日出而作、日入而息、凿井而饮、耕田而食的天然之美，表现了父子有亲、兄友弟恭、夫唱妇随、长幼有序的伦常自觉。表达了资父事君、曰严与敬、孝当竭力、忠则尽命的职分自觉，讴歌了祸因恶积、福缘善庆、厚德载物、自强不息的生命自觉，那么，第三季则在继续深化前两季主题的基础上，侧重表现建章立制、遵约守契、义利有度、合作共赢的工商文明，重点挖掘传统文化中能够在当代有效传承、发展，能够充分融入当代人精神血液，为现代生活提供了建设性精神营养的文化要素。

山东大津口镇挑山工的故事，是完全可以和第二季郭亮村媲美的生命赞歌，它让我们真正理解了什么是劳动的光荣。那种劳作之美、坚忍之美、毅力之美，可比江河之永、日月之恒。江苏漆桥镇孔子后人胸怀苍生、重义轻利的善举，在基层社会人们最关心的居民健康管理、留守儿童教育、合作社经营等方面做出了有益探索和成功实践。江苏同里古镇"明取舍、知进退"的生动故事,让我们看到儒道两家文化在生命进退关口的独特价值,完全可以作为一剂良药开给当下社会被单向思维挟持而苦受焦虑抑郁折磨的人们。曾因考中七十二位进士而闻名天下的山东新城古镇王氏家族世代清正廉洁的感人故事,一定会给当代中国的廉政建设提供新的启示。

老子讲:"信不足焉,有不信焉。"没有文化自信就没有文化自觉,没有文化自觉就没有行动自觉。第三季节目无论从策划到拍摄再到后期制作,都更有文化自信和自觉。这种自信和自觉,无疑是每个编导在茫茫价值大海上航行的心灵灯塔,让他们寻矿探宝的目光较前变得更加敏锐。这种自信当然来自第一、二季的学习、浸染、感动和强化。据我所知,近两年,剧组编导对传统文化进行了冲刺式学习,而拍摄制作过程又是一次再学习。试想,一百多集节目,大家除了要进入现场采访,还要进行集体观看,相互改稿,反复讨论,包括查阅经典、梳理史料、咨询专家,怎能不让他们对传统文化生起信心?许多当初对传统文化存疑的同志,在经过两年的现场见证之后,也成为传统文化的认同者。带着这种认同感,他们再次走进采访拍摄现场,其见识、视角、感受就和第一、二季大不相同了。编导们的长足进步,决定了第三季的作品更加成熟、更有深度、更有穿透力。

浙江乌镇为什么能够永立时代潮头,成为互联网大会的永久会址？安徽三河镇为什么能够诞生名闻天下的"诚信菜单"品牌？南浔古镇为什么能够创办中国民间历史最长、授奖学生最多的奖学金？"中人制度"为什么能在陕西漫川关古镇大受欢迎？"天下兴亡，匹夫有责"的家国情怀何以在江苏千灯古镇得以延续……

"礼失求诸野。"作为村落和城市的过渡，古镇成为寻找古今中外、公私文化价值最大公约数的关键地带，也是仁义思维和利润思维中和的关键地带。生命大义和商业利益如何水乳交融，家国情怀和个人诉求如何妥善平衡，在第三季节目中都可以找到现存典型。

这是西藏昌珠古镇，一个夏天，达瓦正在农田干活，突然，他看到一辆正在倒车的拖拉机后面有个看上去不到三岁的小孩。眼看拖拉机就要轧到正在玩耍的孩子，达瓦就在那一瞬间毫不犹豫地扑了过去，把孩子推向一边。孩子的命保住了，但他的一只脚却没有来得及从拖拉机下收回。脚被轮胎卷住的剧痛，让达瓦瞬间失去了知觉，他醒来的时候，发现自己躺在县医院里，永远地失去了那只脚。那年，达瓦年方二十。如果有缘看到这则故事，我不知道那些只顾自己冷暖、不管他人死活的人该做何感想。

在江苏漆桥镇的漆桥村，有一座将军庙，里面供奉的是一位曾为当地百姓英勇献身的新四军营长。原来在抗日战争时期,由于漆桥镇地处苏皖交通要道,这里成为国民党军队和日军的必争之地。而新四军为了建立敌后根据地,保护一方安全,也在当地百姓的支持下与敌人进行着殊死战斗。就在一次激烈的战斗当中,新四军伤亡惨重,一位营长在激战中身负重伤,最后只能半坐半靠在一棵大树底下,与扑上来的敌人同归于尽。村民们从家里拿来门板拼成棺材,埋葬了这位不知姓名的新四军营长。半个多世纪过去,村民依然没有忘记这位英雄。进入新世纪,人们的生活越发幸福美满,漆桥人又想起了当年牺牲在此的新四军营长。在当地几位老者的倡议之下,大家决定集资捐建一座寺庙,用来纪念这位无名英雄。这个决定做出以后,古镇一下子就沸腾起来,大家有钱的出钱,有力的出力,所有人全部自发地捐钱捐物,只用了短短半个月时间,一座"将军庙"就建成了。之后,村民自发组织轮流值班,保证每天上午都有两人到庙里洒扫、敬茶、焚香。如今已经八十七岁的朱克满老人,每天下午三点多钟都要到庙里来转一转、看一看,再给英雄敬上一支烟,两年多来风雨无阻。记者问他为什么要这样做。他说,当兵就要当好兵,他是为我们老百姓牺牲了,我们老百姓要尊重他。别人不尊重他没关系,我要尊重他,这是我的良心。淳朴的漆桥人,第一碗新煮出来的米饭,第一笼新蒸出来的青团,第一锅新做出来的豆腐,所有好东西都要首先敬献给他们心目中的英雄。

在福建泉州崇武古城，守塔工蔡建泉与灯塔相伴了整整三十三年。无论节日还是假期，他都无法与家人团聚。一天夜里，灯塔里的值班电话突然响了，蔡建泉拿起电话，听筒另一头传来妻子流产的消息，家人让他赶快去医院。听到消息的蔡建泉心急如焚，可是他这一走，下个时间段就没有人给油灯充气，灯塔就将一片黑暗。走还是不走？蔡建泉在狭小的屋子里如坐针毡。最终，他选择了留下。当记者问到妻子是否抱怨他时，她说，不会，她很理解，她知道这件事很重要。灯塔上的灯若灭了，来往的渔船就会出事。在读这段文字时，我感同身受，无论是在全国做志愿者，还是季节性进驻《记住乡愁》剧组，对家里老小的惦念都让我刻骨铭心，让我体会到什么是牵肠，什么是挂肚，但是一想到受众的需要，我就毅然决然踏上征程。战斗在一线的比我更加辛苦的剧组同志们和那些抛家舍业奔波在全国的文化志愿者，又何尝不是中华文化的灯塔工？

相较于第一、二季，第三季节目的选材和表现形式更加包容。"一带一路"倡议和构建人类命运共同体的理念，"协和万邦、求同尊异、兼容并蓄、共生共荣"的目标在第三季节目中得到了充分体现。人类和谐相处的生存画卷从丝绸之路上的驼铃声声、舟楫相望展开，东西方文化元素从碰撞到吸引，从相斥到包容,在一个个故事中清晰可见。

不同于古村落,古镇建筑及其文化内涵及延伸意义不可避免地成为第三季节目的拍摄重点之一,因为它是凝固的诗、立体的画、贴地的音符。它们不仅仅是飞檐画栋、青砖绿瓦,而且是文化融合的见证,每一块砖、每一片瓦上,都有一桩桩文化交流的故事。它们非常有力地证明了中华文化的强大吸收力和包容性,如果用两个字来概括,那就是"中和",如果用一个字来形容,那就是"中"。因为"中",左右都需要;因为"中",上下都欢迎。因为"中",它既有自然性,又有人文性,更有社会性;它既接地气,又通天气,天地贯通。天人合一的频率,天理人欲的尺度,都在这个"中"字里。

这一点,在陕西漫川关古镇的两座戏台中体现得尤为突出。一百多年前,骡马帮会在漫川关老街上修建了"鸳鸯双戏楼"。两座戏楼高度一致、面积相同,比肩而建,但风格迥异。北边的戏楼飞檐斗拱,庄重大气,被称为"雄楼";南边的戏楼雕梁画栋、结构细腻,被称为"雌楼"。戏楼面对两座庙宇,北楼面对的是北方商人供奉的关老爷,南楼面对的是南方商人信仰的马王神。每逢节庆之日,双方的戏楼都会请来戏班,唱上一出家乡戏,娱神娱己。由于两座戏楼紧紧相连,如果一起开唱,南腔北调就会相互干扰,于是,南北两地的商家们相商,用你方唱罢我登场的办法,有序开演。

特别值得一提的是，第三季节目更加突出对革命理想、艰苦奋斗、爱国敬业、诚信友善和传统文化的内在联系进行了有机展示，让人们感同身受地看到中华民族强大创造力、凝聚力、向心力的源头活水，感受到中华民族几千年不变的生活脉动和生命体温。

危难之时，勇于担当，敢于担当，是当下中国最需要的精神力量。第二季节目播出的河南郭亮村曾经演绎过这种血性雄风。让人欣喜的是，在第三季山东大津口古镇中，我们再次看到了。

一九八二年，泰山开始修建中国第一条客运索道，当时设备都从国外进口，各种钢铁构件体积巨大，最大的驱动轮直径达到二点八米，重量超过五吨。要想把这些设备全部运到山顶，几乎是一个不可能完成的任务。最初，泰山管委会试着用两架直升机来吊运这些大部件，可是因为运送的东西实在太重，让飞机都失重栽落山谷。在尝试了各种办法都无果之后，索道公司的负责人苦思冥想，最后只能借助普通的人力。他们辗转找到大津口镇，向挑山工陈广武求助。陈广武没有拒绝。十六年的挑山工经验，让他最终发明了"大架子"——把驱动轮绑在"大架子"上，抬着上山。这种方法，能使所有挑山工在受力均匀的同时各自发力。算上开道和殿后的，总共一百四十八人。行进过程当中，陈广武就坐在"大架子"上面,高声喊着号子,指挥方向保持队形。抬"大架子"不怕路陡,最怕拐弯。云步桥有急弯,人称"三瞪眼",最难通过,因为经过此处时,分布在不同位置上的挑山工们最容易承受重力不一致,如果稍有不慎导致队形散开,走在后面负责托举的六十四位挑山工就会被五吨多重的驱动轮死死地压在下面。于是,他们就又安装绞盘,把驱动轮用绳吊起来,人在下面托着。那是一种怎样的场面啊!一声声号子,响彻云霄!一尊尊古铜色的脊梁,在盘道上无比艰难地一点一点往上移动;无数颗汗珠顺着古铜色的脊梁滚落下来,摔碎在十八盘的石阶上。泰山的挑山工们,就这样克服了千难万险,最终用自己的血肉之躯,把所有索道构件硬生生地抬上了南天门,也把他们的奋勇精神和动人故事,留在了离天最近的地方。如今的泰山索道,每年都要运送近三百万游客上下泰山,使用的全部都是当年陈广武他们通过肩挑手扛运送到泰山顶上的索道构件。

当记者问陈广武,坐在自己建起来的索道上,感觉怎么样时,他说,感觉给年轻人造幸福了。"给年轻人造幸福",多么朴素的语言,却传递出大津口人泰山一般的心量。正是这种为子孙后代着想的心量,造就了挑山工精神,造就了"石敢当"气魄,也造就了一个民族的坚忍和顽强。除了索道构件,泰山顶上的气象设备、转播塔,还有极顶的碧霞祠,以及天街上的巨石，统统都是由陈广武和挑山工们一样一样扛上泰山的。

在这集内容中，我们看到，挑山工精神化为看林员陈广利的责任心。为了能够第一时间发现火情，陈广利一年四季晚上不关窗户，哪怕寒冬腊月。化为豆腐供应商宋起军的诚信，即使刮风下雨，为了信用，他不曾有一天中断过上山。化为园艺师张玉清的执着，为了找齐泰山"四大名药"，他用了十五年时间，最后又把"四大名药"的种子用飞机撒遍泰山。

如何才能保持一个家族的生命力，这个最基础、最核心的要素为实现中国梦提供了经验支持，是第三季节目更加自觉的主题。

江苏漆桥镇的拍摄制作不算最精彩，但选材却具有特殊意义。其中有三位人物是孔子后人。他们骸垢想浴、执热愿凉、有肝有胆、有情有义、有智有慧的英雄壮举和公益行动，让我们切切实实地体会到什么是孔子讲的宽仁大爱。

南宋德祐年间，孔子第五十三代孙孔潼孙，受邀赴金陵府学任教，他带上家眷从浙江平阳迁居金陵。正值元军统帅伯颜大肆屠杀汉人，一时间，金陵城中横尸遍野。孔潼孙一家将近十口人，他最小的儿子孔文昱尚在襁褓之中，于是家人纷纷劝他携幼子回浙江平阳老家避难。不想孔潼孙不但没有听劝，反而穿戴整齐，怀揣先祖孔子画像，独自一人来到元军帅帐。当伯颜看到出现在眼前的是这样一个手无缚鸡之力的书生，居然还敢冒死独闯大营，他不由对孔潭孙心生敬佩。孔潭孙以理相劝，请伯颜不要滥杀无辜，最终让伯颜放下屠刀。正是他的这一壮举，种下了其子孙后代七百多年来在南京开枝散叶繁衍生息的种子，如今人口已接近三万人，这也使漆桥成为除山东曲阜以外最大的孔氏家族集居地。

每当旱涝等自然灾害发生，市面上的稻米价格一般都会疯涨，但是据《高淳县志》记载，在过去的七百多年时间里，每逢大灾大难，孔家都会开仓放粮，赈济灾民。明正统年间，孔氏族人一次性捐出粮食两千石，救活了当地百姓六千八百余人。朝廷大为感佩，对孔家进行嘉奖，敕封好几位孔氏族人为"义官""义民"。

孔祥清是孔子第七十五代孙。他从家乡漆桥考到了南京医学院，后来又远赴德国攻读了医学博士，如今已是享誉海内外的心血管专家。二〇〇八年五月十二日，汶川发生特大地震，震后第二天，孔祥清就主动请缨，带领江苏省医疗队火速赶赴灾区。为了救治更多伤员，他拒绝了上级让他留在安全地带的安排，而是冒着生命危险进入重灾区平武县平通镇。当时，抢救群众生命肯定是最为首要的问题，但是学识与经验都异常丰富的孔祥清，却敏锐地察觉到了现场隐藏着的另一个重大危机——灾后现场没有防疫方面的专家。为了防止瘟疫等次生灾害发生，孔祥清运用自己深厚的医学知识积淀和精湛的专业技能，在现场进行调度和组织工作，他将江苏省医疗队一半的工作人员布置到防疫岗位，组成了一个临时防疫小组，在专业防疫人员到位之前，医疗人员就先顶上。他们的工作方式立刻得到"抗震救灾总指挥部"的高度肯定，并在整个灾区迅速、全面地推广开来。在孔祥清和他的战友们共同努力下，整个汶川大地震灾后没有发生一次疫情。抢险救灾工作结束之后，孔祥清获得了全国五一劳动奖章。他们在重灾区平通镇采用的工作模式，也被人们总结为"平通模式"。从此以后，凡有大灾发生，防疫问题都被放在与救治伤员同等重要的高度。这件事情以后，孔祥清在医学界的名气越来越大，邀请他出诊和讲学的人也越来越多，对此，孔祥清都婉拒了，他又进入了另一个更为普遍的医疗社会问题领域进行探索。他说，作为医生，我很痛苦，痛苦在哪里呢？相当于我医得越多，因这个病死掉的人也越多。中医讲，"上医治未病，中医治欲病，下医治已病"。与其花很大代价去治疗，不如让人不生病。从此，孔祥清将自己的全部时间，都投入到了心血管病的防治研究工作中。他想探索出一种心血管领域的"平通模式"，让更多的人能够通过预防而将病患消除在发病之前。这样的想法一旦成形，他首先想到的就是回馈自己的家乡。孔祥清利用自己的专业技术，四方筹集资金，免费为故乡漆桥的父老乡亲建立起了心血管病和糖尿病健康档案,并对这些档案进行最先进的科学管理。孔祥清的义举让漆桥古镇再次沸腾起来,不仅当地的老人们奔走相告,就连在外打工的年轻人也回乡参与。在当地政府的大力支持下,事业有成的企业家们踊跃出资,乡村医生们更是不遗余力地加以推行。如今,这项造福百姓的工作,已经在漆桥古镇上全面开展起来。

二〇一六年秋季开学时,北大教授徐凯做了一项调查:发现北大学生百分之四十有"空心病",其特点是感到生命没有意义。北大学生尚且如此,其他青少年该是一个什么状态,我们不难想象。看到这篇文章,我的心情特别沉重。

就在这时,我看到了乌镇那集节目的台本。明末清初著名理学家张杨园以布衣之身从祀孔庙,尊享后世香火,他留下一句治学格言"大凡为学,先须立志",对后世产生了深远的影响。清同治四年,乌镇人创立了立志书院,"先立乎其大,有志者竟成"的对联在大门两侧一挂就是一百多年。在这里,无数乌镇学子埋下了修身齐家治国平天下的理想,手握书卷走向更远的地方,其中就包括一代文学巨匠——茅盾。一八九六年,茅盾出生在乌镇一户沈姓人家,父亲为他取名德鸿,希望他成为一个道德高尚的人。那时的中国内忧外患,各种新思潮风起云涌。茅盾的父亲尽管十六岁就考中了秀才,但却一直向往新学,不但订阅了上海的报纸,还自学数理化,希望实业救国。父母亲的进步思想和教育方法,影响着幼年的茅盾。在他八岁那年,立志书院顺应时代潮流更名为立志小学,茅盾成为这所新式学堂的首批学生。虽然学校引入了很多西方教育科目,但"有志者竟成"的校训却始终没有改变,这也让十二岁的茅盾写下了"大丈夫当以天下为己任"的豪言壮语,给予了他成为一代文学巨匠的精神动力。正是这种集体无意识,让乌镇一直勇立时代潮头。这种精神,在生命无意义、职业倦怠成为流行病的今天,具有特殊价值。

除了以上几方面,第三季节目仍然对清正廉洁的价值做了深入挖掘,山东新城镇王氏家族的反腐故事最为典型。无论是明时把贿赂者的礼品投进大江的四世祖户部员外郎王重光,还是清时废除恶习琼花宴的八世先人扬州府推官王渔洋,抑或是新时代拒收三千元红包的工程技术负责人王学东,从他们身上,我们都能看到穿越时空的廉洁之大美。他们所说的话,比如"所存者必皆道义之心,所行者必皆道义之事,所友者必皆读书之人,所言者必皆读书之言";"不负民即不负国,不负国即不负所学";"建筑质量直接关系到老百姓的生命财产安全,如果这次我让你顺利过了关,以后万一出了事,我们都会受到良心的谴责,严重的话,甚至是牢狱之灾";让我们知道王氏家族为什么会成为"齐鲁第一大进士家族"。

特别值得一提的是王渔洋为他出任唐山县令的儿子王启汸写的《手镜》,已经成为这个家族的精神高峰。王渔洋为什么要把"王氏家训"名为《手镜》?其中有着无尽的深意。镜者反照也,意为只有时时反躬省察,从念头处消灭私念,才能不做错事;镜者明也,意为只有点亮心灯,找到根本光明,才能不走暗路;镜者止念也,意为只有止住妄念,安静如无风之湖面,才能映照万物。由此"镜"字,人们可以联想到干净、安静、清静,最后完成的是生命大境界。

而一个人如何才能让心如明镜?《大学》有言,只有"知止",才能实现"定""静""安""虑""得"。可见心明如镜的大前提是"知止",即找到生命的方向。《记住乡愁》给人们提供的,正是生命的方向。

《记住乡愁》中的传统名村

屏山村

　　安徽屏山村的故事一如主人的姓氏一样,有一种从容舒缓之美,语言没得说,立意显然是经过无数次提炼过的,一条线十分清晰,那就是从古至今,宁可弃官,也不轻孝。不同于此前看过的十二集,这一集出现了一位现代名人、人民艺术家舒绣文,她在电影《一江春水向东流》中成功塑造了"抗战夫人"王丽珍的艺术形象,至今仍然有着深远的影响。她的骨灰在"乡愁工程"建设年回归,似乎在寓示着什么,特别耐人寻味。出乎我们意料,舒绣文当年一月挣三十块大洋,会把二十五块寄到家里。

　　这集节目中最感人的是舒育玲,他在拼力修县志,动机是他们这代人曾经破坏过祖先的文化。这种忏悔精神、反省精神,让人动容。

　　舒氏家族是伏羲九世孙叔子的后裔,唐朝末年从安徽庐江南迁到屏山，这里青山如屏，绿水环绕。遵循传统的风水理念，舒氏先人在这里建立村庄，繁衍生息。到了明清时期，屏山曾有"八百烟灶，三千丁男，五里长街"的繁荣景象。自宋代以来，这个小山村一共走出了十一位进士，二十九位举人。

屏山村保留着众多的祠堂和牌坊，骑路牌坊最为著名。虽然牌坊已经在二十世纪末被损毁，但留下的遗迹依然向人们讲述着过往的辉煌。

明嘉靖年间，一位名叫舒善天的屏山村人进京赶考，高中探花。衣锦还乡之际，他发现相依为命的母亲病倒家中。他跪在母亲面前，整整跪了一天一夜。朝廷下旨，让他去为官赴任，但他考虑到母亲无人照顾，就一直未赴任。前来调查的官员将此事上报，嘉靖皇帝深受感动，下旨修建了"孝字牌坊"。原本应该异地为官的舒善天，留在了村中，靠教书为生，侍奉老母。

每天都从"孝字牌坊"下走过的舒氏后人，把孝道作为家规祖训写进了族谱，世代相传。由于子女孝顺，屏山村中的老人大多长寿，历史上曾有不少百岁老人。如今村中七十岁以上的老人有一百多位，八十岁以上的老人有二十多位。尤其难得的是，这些老人中没有一位独居老人。每到傍晚时分，总能在村中看到年轻人与老人在屋前纳凉聊天、父子或母女在村中散步的景象。

此情此景，何其珍贵。

白鹭村

江西白鹭村的故事，就像白鹭一样美丽，让人赞叹。

这是一个对善逻辑有着高度认同与高度自觉的村落，还是一个把善智慧化、体系化、制度化的村落，几乎每一个人都把行善作为人生目标，把积德作为人生意义，就像现在农民想着高产、商人想着挣钱、学生想着考高分一样自觉、自愿、自动。

正是"几百年人家无非积善，第一等好事只是读书"。

这股浩荡的善风，为王太夫人所倡。王太夫人原本是清乾隆年间一户钟姓人家的小妾。虽然她家境殷实，但却十分节俭，平日里穿布衣、吃素食，用节省下来的积蓄为病人施药，为贫寒者施粮施衣，甚至为死在白鹭村的鳏寡孤独者施舍棺材并妥善安葬。直到临终前，王太夫人还交代儿子，义仓中每年要有一千石谷子，当年必须全部发放出去，不得留存。如此，白鹭村没有饿死的叫花子，没有上不起学的孩童，更没有无棺材的老人。这样的善举当然是大地上的春风。果然，乾隆皇帝知道后，深受感动，三次诰封于她。族人们则在王太夫人的义仓前为她建起了祠堂。从此之后，王太夫人祠就成为白鹭村救难济贫的场所，一直持续了两百多年。人们把王太夫人教育子孙的故事编成了东河戏《机房教子》。两百多年来，每逢节庆之日，古老的唱腔就在村落里咿咿呀呀地唱响起来。

白鹭村的人不但世代行善，还有一套非常朴素的善行理论。

"钱多伤人子，所以我们把多余的钱捐助给比较贫穷的但学习比较好的孩子，就会有福报。"一个两千多人的小村庄，教育基金会每年都能收到几万元的捐赠，有捐几千元的，也有捐十元钱的，听听村民钟世民怎么说："不管你捐多捐少，只要有那份心意。"二〇一四年，白鹭村新修通了一条水泥路，方便了周围六个村庄的村民，完全是由白鹭村村民出钱出力完成的。为了重修道路，白鹭村七十多户村民主动拆掉了鱼塘、牛栏，不仅不要一分钱补偿，还额外捐款。村民叶金根说："他们做什么事情我都会捐点儿，对子孙后代会好一些。"没有钱，他就把一个猪栏捐了出来。村民钟先英为村上捐了几十万元的款，他说："我们够吃饭够穿衣，有房子住了，我就可以拿钱出去，儿子他们又这么争气，我们也没有什么图的，就图个安乐、图个平安。积财积物不如积善。"

正如解说词中所言：

"积善之家必有余庆"。明清时期,钟氏家族经历了由农而商、由商而仕的转变,先后走出了五百六十八名秀才、十七名文武举人,有六人担任过知州和知县。直到现在,白鹭村每年都有二十多个孩子考上大学。在白鹭人心中,"积善成德"正是家族能够繁衍八百多年依然人丁兴旺、长盛不衰的奥秘之所在。虽然这个客家古村经济并不发达,但是生活在这里的人们却过得安宁而幸福。自中华人民共和国成立以来,六十多年间,村里从来没有出现过违法乱纪的事件,而这一切都得益于钟氏先人留下的家规祖训。

苍坡村

浙江温州苍坡村的故事是"乡愁工程"中的难得之作,难在捕捉到了中华孝道系统中的关键所在——悌道。尽孝难,行悌更难。但苍坡人知难而上,化难为易,化难为美,为我们留下了比传说还精彩的佳话。李氏家族七世祖李秋山、李嘉木两兄弟的故事,手足之情,感人至深。在苍坡李氏传到第七代时,七世祖李秋山和弟弟李嘉木各自成家立业,分家单过。分家之后,哥哥李秋山去了村对面重新开基立业,从此有了方巷村。为了表示对兄长的尊敬,每年祭祖前,苍坡李氏都要先去方巷村恭请兄长的后代,拜祭了兄长的祠堂之后,才一起回到苍坡。

建于南宋的望兄亭、接季阁,已经不是两个亭阁,而是一种相守相望、永不分离的象征。那种兄弟相送、依依不舍,在当今社会的朋友之间也不一定能够做到。

苍坡村的东南角有一亭名为"望兄亭",与方巷村村口的"接季阁"遥遥相对。根据《李氏族谱》记载,李秋山作为家中长子,分家时,本来最有资格留在祖居,但他却让弟弟李嘉木留在苍坡老屋,自己则迁出苍坡从头开始。家虽分,心相连,情深意重的兄弟俩白天干完农活,夜里总要相聚谈心,不论刮风下雨,天天如此。可那时自然条件艰苦,两村之间常有野兽出没,兄弟俩长谈到深夜,都不放心对方独自回家,因此分别时,哥哥坚持把弟弟送回苍坡,弟弟又陪哥哥返回方巷。互相送来送去,天就亮了。苍坡村现在还流传着一句俚语,"李郎送李郎,一夜送到大天光"。后来兄弟俩觉得每晚这样送来送去实在不是好办法,于是他们商量决定,各自在村里造一座亭阁,阁朝北,亭朝南,这就是苍坡村的望兄亭与方巷村的接季阁。每当深夜叙旧惜别之后,兄弟俩平安到达自己村舍,就在亭阁高处挂上灯笼,以报平安;对方也挂上灯笼,以示放心。

兄弟二人,把悌道演绎到极致。在古人心中,"悌"始于兄弟,终于天地。在整体论者看来,万物一体,因悌归孝,因孝归道,因道有心,有心有爱,因爱有情,因情有动,因动生福。

从伦理学意义上讲,兄弟睦,才能家庭和;家庭和,自然邻里和;邻里和,自然社会和;社会和,又为家族发展提供了保障。

事实上,悌的原始意义是兄对弟的姿态,即兄的心中有弟。苍坡村的故事,更大程度上体现了它的原始意义,它强调弟恭,更强调兄友,最终要成就手足情。这种手足情,在兄弟分家上体现得淋漓尽致。古往今来,兄弟因财产分割等问题往往闹得不可开交,但苍坡村人沐浴着望兄亭的月光,严守着悌道,在兄弟分家时,个个高风亮节,留下了许多感人的故事。

李修南和李碎南兄弟,正是望兄亭、接季阁精神的现代延续,至美至真。他们分家时的那种谦让,在现代社会真是鲜见。"家可以分,祖宗的招牌不能分。直到现在,两家人都始终坚持一起做素面。兄弟俩白天在地里忙农活儿,两妯娌就一起在家里忙做素面,每天早上四点多钟就得开始和面。考虑到弟媳带小孙子辛苦,和好面后,大嫂往往就让弟媳去休息,自己做完面,再做好早饭等着大家。兄弟之间互相友爱,妯娌之间相互体谅。看到儿子儿媳都和和气气,老太太掩饰不住地开心。"

"入则孝,出则悌",这是孔子仁道的两个重要支柱,究其实,悌也是孝,因为兄友弟恭本身就在养父母之心。所谓"兄弟睦,孝在中",只有兄弟同心,才能真正地养父母之心,而在古人看来,父母心就是天地心,孝父母就是敬天地。

"入则孝,出则悌"之所以能够为家族带来生机,正因为它是天性在人性中的投影。因为"天同覆,地同载",所以"凡是人,皆须爱",只有"凡是人,皆须爱",我们心中的爱才是圆的、满的。而古人认为,生命的意义,无非就是让爱圆,让爱满,因为只有让爱圆满,我们才能最终回到故乡。

悌道行到极处,就是"事诸父,如事父;事诸兄,如事兄",也就是"四海之内皆兄弟"了。

相反,失去悌道,就是失去天性;失去天性,生命的源头活水就断掉了。一个人也好,一个家族也好,一旦失去源头活水,自然就会枯萎。

苍坡村的故事成功拍摄并展播,现实意义重大。中华民族要实现自我复兴,孝道是关键,悌道是核心。

李宅村

　　浙江仙居李宅村的故事非常扎实、温暖、动人,让人始终穿行在脉脉温情里。这个故事对现实中国有重大启示,一定程度上为国家治理乡村空巢等大难题提供了一个建设性样板,那就是老人食堂。这种思路之所以能够成为现实,是和宗族传统分不开的。有意思的是,食堂正好开在祠堂里。细想一下,这和保留至今的"吃合家饭"一脉相承。我们可不要小看了"吃合家饭"这件事,它让李宅村的文明程度高出人类平均值。一定程度上,它就是大同社会的缩影。

　　李宅村九百多年长盛不衰,繁衍成一个总人口上万的巨大家族,逐渐拓展到周边十几里的地方,形成了附近十六个李姓村落。这是李宅祖先"济天下"胸怀的必然结果。"量大福大,福大家大",这个千年古训,在李宅人身上得到了充分验证。

　　这集故事提供的许多教育话题,令人深思,比如"十训八诫"。训为劝,诫为告。如果持身不谨不严的话,就要受到惩罚,最严重的要拘入家庙,跪在祖宗的牌位之前,答责三十,然后从族谱中除名,就是被驱逐出这个家族,这是最重的惩罚。

　　身家无依可怕,灵魂无依更可怕。想想看,一个人一旦从

《记住乡愁》中的传统名村

族谱上被除名,那将是一种怎样的精神失落?一个人从此过着灵魂无着的生活,情何以堪?为此,仅仅为了让自己灵有所依、魂有所皈,人们也要修身持家。

这是慎终追远教育。

再看榜样教育。

明嘉靖七年李一翰乡试中举,官至都察院左副都御史,负责监察工作。他为官三十年,廉洁公正,为民做事,史书中称他"一尘不滓",至死"囊无长物"。他的事迹也被李宅人列入宗谱。这样的故事在子孙中代代相传,产生的激励作用真是不可估量。

第十六代后裔李镭担任粮长,遇交不起粮食的,尽管自己也不很宽裕,他还是用自家的粮食帮忙代交,以免乡民受到流放的惩罚。

耄耋老人李桂鉴的身上也有许多亮点,节目中没有陈述他为何鳏居一生,但他的行为透露出他是一个致力于提高生命能量的智者。四十年为村人义务送邮,没有出现过漏送,足见其心之细之诚。其修身功夫,可见一斑。

李红军夫妇的故事感人至深,深在难为能为,手足情、中国心。柯小娟二十六岁时嫁给李红军,没想到遇上了家中最为困难的时期,李红军的三弟李建立双目渐渐失明,患了眼盲,急需治疗的费用。屋漏偏逢连夜雨,没想到小弟李立民遭遇意外后患了手疾，一时间，两个侄女生活、学习的担子全都压在了李红军夫妇身上。为了送弟弟去杭州的大医院治病，夫妻俩到处借债，边照看弟弟，边卖早点偿还欠款。那时候，李红军夫妻俩凌晨一点就起床，准备卖早点，省吃俭用，辗转了好几个地方，把存下的钱都拿去给弟弟李建立看病。尤其让人感动的是，李红军夫妇如此大行悌道，动力之一是为了得到儿子的赞赏和鼓励。

古人讲，智慧的教育就两个字——演说。演在前，说在后，父行子看，上行下效，胜过千言万语。同样，商人李鉴华回家，带着八岁的大儿子李昱阳和刚上幼儿园的小儿子李昱田到村里捐钱捐物，为爷爷洗脚，让孩子懂得"老人脚上一颗茧，后辈儿孙一分福"，让人感慨。

李宅村，名副其实。

渚口村

安徽渚口村的倪氏家族故事是"乡愁工程"中一出难得的文戏，文在一开始就出场的"会文"活动。一个宗族，自己在祠堂主持家族会考，名为"会文"，这在当今中国，是稀罕事，也极具启示意义。"会文"成绩好的，奖励四大块猪肉、两对金花饼。原来古人是拿猪肉配这个用场的。

这出文戏，为我们提出了一个关乎民族兴亡的重要话题：教育的价值何在？教育到底要教什么？

大的方面，正如《朱子家训》所言，"读书志在圣贤，非徒科第；为官心存君国，岂计身家"。天启皇帝因为过分依恋保姆客氏，做出了违背礼法、荒废国事的事情。南京户部尚书兼都察院右副都御史倪思辉便犯颜上奏，列举由此产生的种种危害，劝诫皇帝以国事为重，被贬谪到福建。但这并未改变他直言进谏的风骨，后来他因为忤逆当权大太监魏忠贤被削职。

由此，我们对古代中国的监督制度有了新的认识。一个官员，可以置自己的荣华富贵于不顾，冒死进谏，这背后的心理逻辑是值得我们思考的。一个人，如果没有比荣华富贵更高级的生命追求，是不可能做到这一点的。这些谏官们明白，虽然自己会因谏遭贬，但他的儿孙们会因此得福，自己的生命能量也会得到提高，因为他维护了天道。倪氏家族的兴旺就证明了这一点。倪思辉不仅自己为官清正，还希望倪氏家族"常生好人，常行好事"。可见，在他心中，做官是重要的，但做个好人更重要，常行好事更重要；而最大的好事，就是尽本分。他的职务先是六科给事中，责任是劝诫皇帝不要犯错误，因为皇帝的错误会导致一个国家的衰败，最终给百姓带来灾难。

小的方面，教育要落在"洒扫应对进退"上。

小学生吴勰摘了别人家的几个橘子,奶奶在教育孙子一番后,让他把橘子还回去。

"老人不上桌,你们小孩子别上桌。长辈吃完之后,让长辈不要动,然后你去把碗筷都收拾好,再请长辈下桌。吃菜要斯文一点,不要满碗插到,没点礼貌。"这是倪更新家里的规矩。

我们可别小看这样的细节,它看上去是细节,其实对应的是一个人的心态,行为文明,一定是心里先有一个文明。为此,规范行为的目的是纯净心灵。倪思辉之所以能够犯颜进谏,正是要通过如此行为,提高心灵质量,超越生命层次。做官不是目的,提高生命能量才是目的。

同时,他们还明白,天下大事成于细、成于小,要从大处着眼,从小处着手。

凤山村

甘肃凤山村的故事稀奇,稀奇在它让时光倒流,为我们还原了一段中国古人的基本生存状态,那种自足、高雅、逍遥的生活,就是祖先们的耕读生活。"读书志在圣贤,非徒科第";写诗在为言志,非为功利。从地理上讲,这是离先皇伏羲最近的地方;从文脉上讲,这是离飞将军李广和诗仙李白最近的子孙。据说"蒹葭苍苍,白露为霜。所谓伊人,在水一方"的名句就诞生在这里。

这里既有给皇帝写《早朝诗》的胡缵宗,又有在田间地头自嘲自赏的胡喜成;既有文人雅集时的韶武雅颂之唱和,又有大字不识一个的白丁互相之趣对。

一块书有胡缵宗《早朝诗》的拓版,被胡家视为传家之宝,传了五百多年,目前已经传到胡家第十三代孙胡念祖的手中。在胡氏后人看来,这不仅是珍贵的文物,更是一种诗礼传家的家族精神衣钵,胡家的诗教传统因之代代相续。慕名上门重金求购拓版的人络绎不绝。但是,生活并不宽裕的胡念祖遵从先辈们的教诲,都一一拒绝了:"我反正是不卖的。这是我祖先留下的,我要把它一代代传下去。把先人的这个文化破坏了,我对不起老祖宗。"这种精神坚守,让我重新理解了中华民族为什么能够保持五千年的生命力。

"有梅无雪不精神,有雪无诗俗了人。日暮诗成天又雪,与梅并作十分春。"凤山人的物质生活十分清寒,但是他们的神情里却没有俗气、乡野之气,因为他们的心里有诗,是诗让他们"思无邪",使他们"贫而乐",使他们"乐而不淫,哀而不伤",使他们发乎情而止乎礼。

从诗礼长河顺流而下的凤山人,几乎人人出口成章。即使是目不识丁的老人,也会随口吟诵一长串民间歌谣。凤山人闲时聚在一起,都喜欢听老人们说几段。通过这些已经在当地流传了上千年的民谣,我们可以体味凤山人的幽默、超然、淡定,在朴素的日常生活中追求丰富的精神享受的生命状态。

"连枷打,簸箕扬,一扬扬到磨子上。磨子个拐,箩儿托筛,擀杖叮当,铁刀走马,切下的面叶子长嘎嘎,下到锅里莲花转,端给公婆看,吃了八碗半,八碗不得够,张着口儿还要哩。"这首当地流传最广的歌谣描述了一个勤快的媳妇为公婆做面条的景象,语言朴实自然,却生动地塑造了一个孝顺的好儿媳形象。像这样的歌谣,凤山村上了年纪的老人,张口就来。

这是我给节目台本添加的结尾:

沿天水而下,顺凤山而上,我们经历了时光倒流,仿佛进入先人们曾经的生存状态,这种自足、高雅、逍遥的生活,就是祖先们曾经的耕读生活。因为"读书志在圣贤,非徒科第",因而"贫而乐道,富而好礼",因而"迩之事父,远之事君",因而"金声玉振""与天地准"。

不为良相,就为良医。从凤山村人对职业的选择,可见诗教担当精神对他们的深远影响。仅旗杆巷一条街上就有三十位教师,这不能不说是一个奇迹。学医、从医者也不少,任氏、仇氏、张氏家族世代为医,而且大多是悬壶济世的名医。尤其难得的是,在经济大潮奔涌的商业社会,一个村竟然涌现出二十多位省市作家协会、诗词协会会员。

医者治身,师者治心,诗者治神;医者正身,师者正心,诗者正神。三足鼎立,让凤山成为真正的凤山、永远的凤山。

吞达村

相对于众多被种种问题困扰的城市和村落来说,坐落在西藏自治区中南部的吞达村无疑是天堂。而建造这个天堂的材料,则是感恩和敬畏。

看看编导们为我们挖掘出来的天堂秩序:

"打水之前先敬天、地、神,这种传统在吞达村延续了上千年。如果人为污染或者浪费了水资源,就被认为是对水神的亵渎,将会受到惩罚。""在普布次仁的儿时记忆里,每次吃饭前,长辈们都会念诵感恩词。""浪费粮食如同浪费生命。""在藏族传统文化中,人们赖以生存的高山、湖泊、河水往往被赋予神圣的含义。神圣之地赐予他们生活的来源,也让他们从内心深处感谢自然丰厚的馈赠。""奶的精华是酥油,心的精华是感恩。"

在吞达村,这些世代流传着的老话告诉我们,当一个人怀有感恩报恩之心时,就能远离贪婪、嫉妒、仇恨、抱怨,感受到祥和、自在、安宁、幸福,因为感恩生吉祥。只有通过感恩,个体生命才能获得整体生命的源头活水,才能获得来自本源的生命力量补给。"感"的会意是"心动","恩"的会意是"爱心"的承上启下。"感"与"恩"合之,即为本源力的传递链,它是一种生机性力量的保障秩序。

在感谢天地万物的同时,吞达村人还特别感谢从这里走出的圣哲吞弥·桑布扎,他是松赞干布时期的重要大臣。相传,当时吞弥·桑布扎的家乡暴发了瘟疫。村民们用尽了防疫驱疫的方法,却没有效果。有一天夜里,吞弥·桑布扎梦见释迦牟尼佛把山上发光的几味草药点燃,产生熏雾救了大家。醒来后,他依次把这几种草药混合后点燃,香气弥散到的地方,瘟疫果然渐渐退去。为了让人们从此远离疾病,他研制了水磨藏香,方便大家使用和携带。神奇的藏香救人性命、驱走瘟疫的故事在吞达村世代流传着,人们感激吞弥·桑布扎发明的藏香制作技艺,把他奉为神明,虔诚地供奉在经堂和心中。吞弥·桑布扎的故居,也被村民们视为珍宝,一直有专人守护着。尽管过去了一千三百多年,古老的石头建筑依然完好无损。平措是经堂的守护人,他的家族世世代代都守护在这里。两年前,平措的爷爷去世时,仍不断叮嘱平措,一定要守护好吞弥·桑布扎留下的每一件物品。如今,村里家家户户都供奉着吞弥·桑布扎的画像。每逢节日,无论男女老少,都会到经堂里祭拜,用这种最虔诚的方式,感念先人的恩德。

如此持久浓重的感恩之心、报恩之行,如果不是通过媒体的采编获知,有谁能够相信?

通过经堂守护人平措的讲述,我们知道,在吞达人心中,没有比护持正法更重要的事情。因为大地上没有了正法,就像天空没有了日月。

吞达人知道,隔着千年时光,报答先祖的唯一方式,就是传承祖艺。

碾磨藏香原料的水磨在吞巴河边吱呀转动,清澈见底的河水缓缓而过。令人称奇的是,吞巴河里竟然没有一条鱼,这不仅避免了水磨伤害鱼类,也使敬佛祭祀的藏香在制作过程中积聚了福德。在藏族同胞的心中,这条河是神圣的"不杀生之水",形成这一现象的原因,来自吞弥·桑布扎的一个美丽传说。相传有一次,木制的水车在磨制藏香的原料时绞死了河中的鱼,吞弥·桑布扎十分痛心,由于担心水车会再次伤及水中生灵,于是他在吞巴河与雅鲁藏布江的汇合处立了一块石碑,上面用古藏文写着"江中鱼不得入此河"。从此,这条河中就再也没有任何鱼类出现了。

据吞巴乡人大主席米玛讲:"有村民在咒碑的前后都看过,在咒碑的前面有鱼在游动,但是咒碑的后面就看不到鱼了。有专家来鉴定过,这个水跟普通的水没有什么两样。这个水是雪山融水,同样一个雪山上流下来了两条河流,一条是我们吞巴这个河水,另一条是续迈乡续迈的河水。续迈河水里面是能看到鱼的,而我们吞巴河水里面都看不到鱼。"

遵守着不妄加杀生的信念,吞达村里的人们,即使在农田耕作时也没有灭虫的习惯。但神奇的是,这里却从未发生过大规模虫害。在每次耕种前,人们会给耕地的牦牛挂上五彩带,系上铃铛,让铃声提醒土地里的小生物们离开,避免伤害。在他们看来,任何一条生命,哪怕再微小也有灵性,也有尽享天年的权利,人类不可随意伤害。

"不管是哪种生物,村里人都不会故意去伤害它。村民都不喜欢杀害生命,如果有人做了那样的事,那个人就会被村民孤立,没有人与他为伴。"村民欧珠说。

"要懂得感恩,知恩图报。我们常说,当你身在异乡时别人送你一杯水,回到家乡后要用热茶回报他。"村民旺扎如是说。

河湾村

重庆河湾村的故事有一种春风化雨般的力量。这种力量,不是通过惊天动地的大事实现的,而是通过生活礼节、通过仪式、通过风俗的暗示来完成的。

心理学告诉我们,暗示本身就是能量。

河湾村的文化从一定意义上说,就是暗示的文化。和睦树就是一个永远的暗示,在树下祈福,更是强化了暗示。送金龟,对山歌的爱情表白,是婚姻列车开启之前就进行的暗示。山歌和快板更不必说。

在村里,有见识有文化的老人享有极高的威望,村里有大事,后辈们做决定之前,一定要登门向老人们征求意见。而老人们指点后辈的方法也很奇特,往往以一首山歌或者快板来表达态度。比如:"各位朋友听我说,河湾山寨样样和。人和家和物和邻里和。和睦闻名酉水河,祖辈流传代代说,万事要兴靠家和。和事三分当钱使,寨和老少才快活。山也清,水也蓝,人要保护大自然。人与自然和谐处,子孙幸福万代长万代长。"

这是暗示。

"这个土家的棒棒烟杆,它不仅用来抽烟,而且代表了一种资历,像我们这些有年纪的有名望的,就用这个烟杆代表。如果说我们邻里、我们寨上,谁家人、夫妻间吵嘴,邻里不和,我有时去的时候就把烟杆带着去调解;有时候人不得去,看见我的烟杆去了,两家自然就不吵架了,从此就和睦了。为什么呢?因为我在寨上代表了一种资历,代表我们老年人在这个山寨让大家和睦相处的一种形式。"

这也是暗示,是一种意象化、权威化的道具带给人们的心理疏导,这让我们明白,为什么中国人那么重视贴对联、挂年画、耍社火、打脸谱,包括各种祝福仪规。

每逢特定的节日,河湾村都要举行隆重的摆手舞。在每次跳舞之前,一段以"和"为内容的祭祀词,要由族内德高望重的老人宣读出来:"土家摆手舞,我先祖独传,特色风韵,源远流长,土家世代,代代相传,保佑子孙兴旺发达,家和人和物和邻居和。人与自然和,风调雨顺,五谷丰登,土家儿女欢歌起舞。"

这同样是暗示。

文化本身就是一种暗示。为此,我们就能体味当前国家匡正文化风气的良苦用心。

暗示是有现实效果的——

"曾经外出打工的河湾青年,如今越来越多回到了故乡的怀抱。白孝双就是其中之一。作为土生土长的河湾人,白孝双十六岁时外出打工,学了一手好厨艺,也曾经在城里的大酒店做到了主厨。两年前,他和妻子回到了河湾村,在家乡开了一家农家乐饭店。返乡创业的他,收入远远比不上在城里工作的收入。但这对于白孝双来说并不重要,他更看重的是全家的团圆。如今,父母都已经八十多岁高龄,白孝双希望自己能多一点时间陪陪父母。每天,他都会下厨,为家人做一桌好菜,看着全家其乐融融,他觉得这是挣再多的钱也换不来的幸福。"

"白友林和妻子田敏在村里经营着一家农家旅店。两年前,旅店即将动工的时候,白友林得知邻居也有盖新房的打算,就主动把自家的地基向后退了两米。"

"河湾山寨将近三百年,没有离婚这两个字。"

不但人和,万物皆和。

"在河湾村,半农半渔的生活方式延续至今。按照村里的规矩,捕鱼只能捕两斤以上的大鱼,再艰苦的年月,也要把小鱼放归河流。"

正如清华大学教授彭林所说:"我们经常讲天人合一,这个境界是很厉害的。天和人,自然和人类是一个整体。这个整体,人和万物是共存共荣的,这个理念我们古人很早就有了。那么为什么他有这个文化自觉呢?这是对他天人关系很透彻的一种认识。我们活也得让它们活,它们活我们才能活得更好,所以我们有责任要保护它们。"

《周易》讲:"乾道变化,各正性命,保合太和,乃利贞。首出庶物,万国咸宁。"在河湾村,我们看到了这种"利"和"贞",也看到了"咸宁"。思想决定行为,行为形成习惯,习惯形成性格,性格决定命运。所以一个人的思想决定了他的命运,一个村的思想决定了一村人的命运。

陆巷村

江苏陆巷村是"乡愁工程"中的一个亮点,亮在挖掘出了中华民族绵延不绝的生命力所在。崇文重教是方法论,深层动机是繁荣家族,建功立业,光耀门楣。"积金积玉不如积书教子,宽田宽地莫若宽厚待人。""不求金玉重重贵,但愿儿孙个个贤。"显然,本节目重点挖掘了崇文重教部分,若继续挖掘,肯定还有一个更深的根,那就是忠和孝。否则,一个村子不会出那么多大人物。

面向太湖的陆巷古村自古就是一片江南富庶之地,地灵人杰,先后走出过四十六名举人、四十一名进士和两名状元。

近代从陆巷村走出去的院士与教授就有六十多名,世所罕见。为此,这里也被誉为"宰相故里""进士教授之村"。

让我惊异的是,这个村里的普通百姓都能够讲朱买臣负薪读书的故事,会讲范仲淹断齑画粥的故事。这种通过读书改变命运的途径,当地人叫"书包翻身"。读私塾的学生,在第一天放学回家时,还真要把书包翻一下,以此暗示自己,要通过勤学苦读,成才成人。

据统计,明清两代中国一共有二百零二名状元,苏州地区的状元就有三十五名,占全国状元的百分之十七,真可谓"姑苏文盛出状元"。这种兴文重学的风气,当然会影响到陆巷村。

最典型的就是义庄义学,除了免费让孩子上学,对贫穷的家庭还要接济,保证孩子安心读完学业。

因王鏊考中探花,家族兴修的牌楼,不知在多少学生心中激起过参加殿试的梦想。现在,殿试制度已经成为历史,但牌楼作为一种激励符号,仍然矗立在这片土地上。

《王鏊传》作者杨维忠老师的这段同期声值得记录下来:

> 王鏊的祖父叫王逵,又叫王唯道。他认为这个家族要振兴起来,光靠有钱不行,还得念书。但是念书需要房子,怎么办?他把家里面刚好要建的新房建成祠堂,作为

私塾，并定家规，凡是王家子孙，考中府学、县学，奖银子三两；考中举人，奖银子五两；考中进士，奖银子十两。如此，王鏊以后，有七人考中进士。

这种激励，功效可想而知。

陆巷王氏，真是一个懂得激励的家族。这不，每周六周日都会在陆巷村上演的王鏊巡游仪式总是热闹异常，村民和游客都可以穿上古装，扮演王鏊、王鏊的徒弟或子孙后代，让陆巷村先贤的故事妇孺皆知、代代相传。再加上巍然屹立的三座牌楼，它们共同成为古村的文化图腾，激励着陆巷子孙刻苦学习。

这种激励，让莫厘王氏在王鏊之后，家运长盛不衰，后代几乎没有平庸之辈，没有一个败家不肖子孙。据不完全统计，王鏊后裔至今已繁衍到五千多人，绝大多数是社会精英，仅中国科学院院士、中国工程院院士、著名大学教授就有五百多人。

二〇一四年十月十九日，来自中国十四个省市的二百七十多名莫厘王氏后裔齐聚陆巷村拜谒祖先，庆祝《莫厘王氏家谱》续集修订完成。八十二岁高龄的王守青老人是这次续修家谱的主要负责人。这次家谱的续修完成，意味着莫厘王氏自南宋迁到东山至今的历史得以完整记载。让王守青老人倍感欣慰的是，呕心沥血修谱十年，不但完成了王氏家族连根养根的巨大工程，更为重要的是向子孙们揭示了积德行善、兴学重教和兴旺门庭、繁荣家族的逻辑关系。

这更是一种天然的激励。

王家还有一种激励方式，那就是不给儿孙多留财富。用他们的话说，就是"不可不留，不可多留"。纯粹不留，子孙的路就窄了；多留，子孙就不求上进了。

以王守觉兄妹为例，我们看看如此激励的效果。

今年已是九十岁高龄的王守觉是从陆巷村走出去的中国科学院院士，他是中国半导体器件与微电子技术研究的开拓者之一；王守觉的大姐王淑贞是中国妇产科医学的奠基人之一，与中国著名的妇产科专家林巧稚齐名，有"南王北林"之称；大哥王守竞是中国第一位研究量子力学并卓有成就的学者；二姐王明贞是清华大学的第一位女教授，被誉为"中国的居里夫人"；三姐王守璨从清华大学毕业后从事物理著作翻译；二哥王守融历任南开大学、天津大学教授，是中国著名的精密机械仪器专家；三哥王守武也是中国科学院院士，中国半导体事业的开拓者和奠基人之一。

谈及家庭教育，王守觉把父亲的教育方法总结为"三句半"：一是言教不如身教，二是多说不如多看，三是尊重自我发展，最后半句是"少管"。

退休后,王守觉不仅决定回到老家养老,而且为了鼓励家乡的孩子努力读书,二〇一三年他开始以个人名义在陆巷村所在的东山镇设立希望奖学金,连续五年,每年拿出两万五千元资助学生,还拿出五千元奖励初二、初三各两名学生。

从中学开始就能够获得由中国科学院院士亲自设立的奖学金,这对莫厘中学的每个获奖学生该是一种怎样的激励!

这是文化意义上的"首出庶物"。

文里村

广东文里村的故事名为《行善至乐》,一语道出节目的核心,也道出行善和快乐的关系。

明朝正德年间,杨氏家族中的杨琠、玮两兄弟相继中了进士,正德皇帝称赞说"兄弟连登科甲,堪称文里",遂赐村名为文里。杨琠、杨玮一生为官清廉,为百姓做善事,告老还乡时两袖清风,只带回了一船雨花石,为村里修桥补路。清末到民国初年,社会动荡不安,天灾人祸,民不聊生。杨氏家族中的杨缵文、杨仕添等四户人家便将全村一千余户的赋税全部承担起来,从而使得整个文里度过了一个艰难时期。

经历了百年沧桑的大夫第,门楣上刻着的"积厚流光"四个字依旧如新,像是时刻提醒着后人"积累的善行越深厚,流传给子孙的恩德就越宽广"。

　　文里村的同奉善堂和太和善堂,在潮汕地区有着特殊的地位和意义,是整个潮汕地区同奉、太和各善堂的总堂。清朝光绪年间,潮州发生瘟疫,文里村的乡绅们集合全村的力量创建了这两大善堂,施医赠药,救济灾民。自此一百多年,广有善举,饮誉乡里。

　　在潮州,所有善堂都供奉着同一位祖师宋大峰。宋大峰生活在北宋徽宗时期。相传公元一一二〇年,潮州发生瘟疫。当时已八十一岁高龄的宋大峰听闻此事,从福建跋涉到此地救灾。懂得医术的他,不顾可能被传染的风险,救下了很多人的性命。灾情消除后,在当地百姓的极力挽留下,宋大峰定居在潮州。之后他除了行医赠药,还为当地百姓修建了近四百米长的和平桥。由于他在世时慈悲为怀,普度众生,去世后被当地人尊称为"慈善神"。几百年来,潮州百姓不断自发创建善堂,以此弘扬宋大峰悬壶济世的慈善精神。

　　如今善堂不仅是潮州民系文化重要的组成部分,还遍布到全国各地,甚至扎根到新加坡、马来西亚各国。每年仅同奉善堂所发放的各类救助金就接近三百万元,这些资金由文里村村民自愿捐赠。在节目中我们看到,摆放在同奉善堂一角的红榜上记录着刚刚接收到的善款。对于善款的支配,善堂也有着明确的规定,数额在两千元之内的由会长批准,数额高于两千元的则需要善堂全体会员表决通过。

"把行善作为一种抵达快乐的方式。"这句话影响了世世代代的文里人。村中大大小小三十多座宗祠,几乎每个宗祠中所保留的族谱祖训中,都有着与"善"有关的记载。

作为村中主姓之一的谢氏,自古就有行善积德的传统。南宋理宗时期,谢氏家族的开基祖先谢壶山出任潮州总管,于是携家眷从福建莆田迁至现在的文里定居。来到潮州后,谢壶山剿平盗寇,守土抗元,广施仁泽,善待百姓。宋度宗登基时为表彰谢壶山的功劳,赐他"金书铁券",于是后人称他为"铁牌总管"。

谢氏第二十七代孙谢世义在世时由于善行卓著,备受村民和族人的敬重,不仅被推选为潮汕谢氏联谊会的会长,同时也成为同奉善堂的会长。谢世义之子、现任文里村党总支部书记的谢秋强说:"特别困难的时候,有一次父亲到集市买大米,路上碰到一个生病的人,他就把那点钱给对方治病,空手回到家里。"我们可以想象,在一家人等米下锅的情况下,他能够把钱给陌生人,这种善行,已经是《了凡四训》里所讲的"三轮体空"了。

如今谢世义的事迹被刻在石壁上,用来教化后世子孙。他的十个儿女也都继承了这种善风。长子谢悦正,退休金每月不到三千元,每年却捐给善堂和慈善机构数万元。如今更是继承了父亲的衣钵,广行善事,成为同奉善堂的会长。谢秋强曾出资五十万元帮村里成立了爱心基金会。

同样,悬挂于杨氏宗祠的祖训也是把"善"作为第一条,也是最为重要的一条来训诫后世子孙的。

文里人还强调,行善不在大小,重在存心。"勿以恶小而为之,勿以善小而不为"已成为妇孺皆知的人生理念。正如《了凡四训》所讲,"善有真有假,有端有曲,有阴有阳,有是有非,有偏有正,有半有满,有大有小,有难有易,皆当深辨。为善而不穷理,则自谓行持,岂知造孽,枉费苦心,无益也"。八百多年来,文里人不仅行善成风,而且一代代把善行效果最大化。百善孝为先,在文里村所有的慈善机构中,最为古老的当属父母社。父母社最早形成于南宋时期,是村民们敬老助老的慈善团体。如今文里村共有大大小小十多个父母社,其中永义轩父母社的规模最大。能够担任父母社社长的人不仅得是村里公认的善人,还要有为老人服务的热心。今年五十四岁的杨启纯,担任永义轩父母社社长已经近二十年了。长期以来,父母社都实行会员制,一人入会,全家享受会员待遇。而入会会员则不论身份,都要接受父母社统一安排的工作,实行轮班制,轮到谁,谁就要照顾生病的老人。

在文里村的太和善堂里,陈列着一辆一百多年的消防车,这是太和善堂创立之初成立的义务消防队留下的。如今太和善堂义务消防队早已变为文里村的义务消防队。中华人民共和国成立以来，文里村义务消防队已灭火上百起。义务消防队共有队员十六人，全部是义务兼职，每个人都曾经因为救火而负伤。除了在灭火过程中救人于危难，他们还帮助火灾中受到损失的家庭募捐善款。李喜才经营着一家规模不大的印刷纸制品公司，业务十分繁忙，但他参加义务消防队十多年来，参与灭火二十多起。

"几百年人家无非积善，第一等好事只是读书。"文里村人把行善视为人生最大的作业，而善中善则为开启民智，为此助学奖学之风蔚然成风。文里村各姓氏宗族都设立了奖学金，善堂也设立了贫困学子助学金，使文里村没有一户人家的孩子因为贫困而失学。

中山大学教授杨中艺的父亲杨越，少年时期家境贫寒，小学三年级就辍学，后来全凭自学成为广东省著名的文学家。少年时求学不得的经历，让他格外重视教育。十八年前他出访新加坡的时候，召集了杨氏家族在东南亚的华侨出资创办奖学奖教基金，用来帮助家境不好的学子。基金会的大小事务一直由杨中艺负责掌管，为潮安区所有学校的优秀学生和老师颁发奖金，是他一年中最重要的事。

《礼记》讲："建国君民，教学为先。"同样，善行百种，助学为宗。在潮安区，每年有上千名学生获得"杨文钦杨秀伦奖学奖教基金"的帮助。得到帮助的孩子们在长大成人之后,常常不忘基金会的善举,回到基金会,尽自己的一份力量。杨铨曾经是文里小学的学生,也曾是奖学金的获得者。村里各种慈善机构帮助他和他的两个弟弟完成了学业,才有了今天好的生活。为了报答村里人对自己的帮助,杨铨大学毕业后放弃了留在大城市工作的机会,回到故乡,用其所学回报家乡。他还加入了潮安志愿者联合会,工作之余去帮助需要帮助的人。"滴水之恩,当以涌泉相报。"无数的文里人正是因为时刻怀着感恩的心,才让行善之风世代相传。

"乡愁"已经成为新的中华文化共同体

自习近平总书记在中央城镇化工作会议讲话之后,"乡愁"一词就承担起一个非常重大的文化使命,那就是寻找中华文化的基因链,寻找中华文明有机体的中气,寻找中华巨轮的发动机和压舱石,找到中华民族根本性的幸福底图和运转轴。为此,大型纪录片《记住乡愁》剧组应运而生。经过三年艰苦卓绝的采拍制作和高收视率播出,终于让这一文化使命成功落地。

作为文字统筹,我见证了《记住乡愁》节目的创作过程。随着节目的热播,"乡愁"一词渐渐完成了它的内涵扩展。现在,大家已经知晓,这个"乡愁"再也不是余光中先生诗中的那个"乡愁"了,也不是"乡"和"愁"两字叠加所指的"乡愁"了,而是一个可以兼收并蓄优秀传统文化、红色革命文化、时代先进文化的新概念了。换句话说,它历史性地融会贯通了这三种文化,成为中华文明的一次大整编、大融合,成为中国文化史上具有里程碑意义的新概念,一个能够让历史和时代牵手进而拥抱的中华文化共同体。通常意义上的"乡"和"愁"已经完成了它们的美丽蝶变，成为一个可以把一切美好存在、美好精神、美好情感装进去的新家园，具有无限的想象空间、拓展空间。我曾经试过，要妥当承担这一使命，换用"乡音""乡情"等词语，似乎都没有"乡愁"二字适合、有分量。特别是进入节目第三季后，革命文化内容纷至沓来，让我们始料未及。前两季一百二十集，传统文化是主体内容，革命文化和时代文化也有，但只是一部分。到了第三季，革命文化成了主体内容。那是否意味着，到了第五季古街区、第六季历史文化名城的时候，时代文化会成为主体？我们应该如何系统把握，如何进行整体性建构，《记住乡愁》成为中华文明的一次全新融合？

随着第三季的采拍工作渐近尾声，我们的思路已经很明确，那就是，我们要找到三种文化的最大公约数，找到古今、中外、公私、内外、上下的最大公约数。就是说，要找到无论是传统文化，还是革命文化，抑或是时代文化的认同者都有共鸣的那部分，把它放大，《记住乡愁》就会给中华民族带来不可多得的凝聚力、向心力、感染力，也会为打造人类命运共同体这一宏大工程提供鲜活的文化支持。当然，这三种文化，说到底是从优秀传统文化之根上生长出来的，经过五千年时间检验的优秀传统文化是主线，红色革命文化和先进时代文化是这条主线上的明珠。因此,我们在拟定选题、采点、商讨选题、选择素材的时候,就要努力寻找三者之间的必然联系。把一集节目看成一棵精神性生命树,找到它的根、干、枝、叶、花、果,这棵生命树就会很繁茂。这样的生命树集合而成的精神森林,自会为人们确立文化自信提供理由。

比如古田古镇,已经被无数的媒体采拍过,可谓妇孺皆知、家喻户晓。那么,作为一档乡愁节目,我们如何立题、如何选材、如何切入,就显得非常关键。换句话说,如何找到我们的不可替代性,也是对古田文化的新贡献。同样,我们用"精神树"去对应,一个非常难以把握的事情就相对容易了。为什么这块土地能够养育出如此著名的革命文化?沿着这个线,我们发现,一千多年前,客家先民来到这里时,种的是高粱、小麦,但有一片田里却自己长出谷子来。一个名叫"五谷子"的先人,发现了这一秘密,就培植种子,最后无偿分送给南迁的客家人,让家家户户从此吃上了谷子。古田,谷田,这也是古田地名的由来。《黄帝内经》讲"五谷为养",它养育了客家人,自然会养育当时倡导为大多数人谋幸福的革命文化。非常有意思的是,在陕北,也是小米养育了革命。

在建于清道光年间的廖氏祠堂里,有"北郭风清"四个大字。据《后汉书》记载,"北郭"指的是东汉时期一个叫廖扶的人,他永不出仕,却常以天下事为己任,在家乡设席讲学,著书立说，门下弟子多达数百人。他平素布衣芒鞋，粗茶淡饭，生活非常节俭，却广施义粮，救济贫困乡邻，广布义款，以应四方急需。百姓感于他的功绩，尊称他为"北郭"先生，以"北郭风清"表达对他的由衷赞誉。一九一七年，宗祠经过大规模维修后，又开办了历史上第一所新型小学——和声小学。"学术仿西欧开弟子新智识，文章宗北郭振先生旧家风。"下联是源，上联是流；正如传统是根，养育革命是果。就在廖家的松荫堂里，毛泽东写下了《星星之火，可以燎原》等照亮中国革命道路的珍贵文章；在廖氏宗祠里，还召开了著名的古田会议。

在山西碛口古镇，我们发现，至今依然保持着有难同当、有乐共享的理念，在商业竞争非常激烈的今天，这的确让我们眼睛一亮。拿"精神树"原理对应，这样的风尚肯定有一个根脉，一梳理，果然如是。"碛口"这个镇名本身就来源于大同碛，那是黄河水域仅次于壶口瀑布的一道险关。在我看来，这是天地设给碛口人的一道考题，就是为了让人们感受休戚与共的价值，就是为了让人们无比强烈地感受到，个体生命只有在群体性中才能找到安全感。没有合作精神，单凭个人力量，几乎不可能闯过大同碛。只有同舟，才能共济。因此，大同碛是一个无比美好的象征，它凶险，但心肠热，现怒目金刚相是为了教育，让人们认识到个体的渺小、群体的伟大。碛口之所以能够成为"水旱码头小都会，九曲黄河第一镇"，正是整体性生命认同结出的美丽果实。

大同碛让我不由联想到《礼记·礼运》中的"大道之行也,天下为公。选贤与能,讲信修睦。故人不独亲其亲,不独子其子,使老有所终,壮有所用,幼有所长,鳏寡孤独废疾者,皆有所养"。这种思想源头,形成了中华民族整体性存在的心理结构,也造成了中华民族的集体主义精神。这种结构,这种精神,是和宇宙规律相对应的,也是和天地精神同频的。因此,休戚与共是天赋人性。从本体学的层面讲,"天地与我并生,而万物与我为一";从生存学的层面讲,"天地所以能长且久者,以其不自生,故能长生";从社会学的层面讲,"天无私覆,地无私载"。

采拍这样的古镇风景,现实意义重大,无论是从打造人类命运共同体和实现中国梦的宏大主题角度,还是从提高个人幸福指数的角度,把一个镇的同舟共济、有难同当、有福同享放大,就是人类命运共同体的基本形态。要实现中国梦,需要提高中华民族的整体能量,而要提高中华民族的整体能量,就需要提高每个人的能量。

用心守护中华文明的万家灯火

是谁
在如此深情地打量一片土地?
她的名字叫华夏神州
是谁
在如此用心地描绘一道风景?
她的名字叫家国情怀
从古到今
精心探寻
祖先的宝藏
从春到秋
细细打理
千年的文脉

天地之心
生民之命

往圣之学

万世太平

这份祖先的行囊

又怎是我等能够扛起

青灯下

我们体会守候

黄卷里

我们感受嘱托

键盘上

行走着我们的感动

镜头前

流淌着我们的泪水

从村落

到古镇

是一百二十集的长度

从乡情

到乡愁

是一百二十集的温度

街头的叫卖

就像田野的庄稼

码头的风帆

就像村里的炊烟

变了的是岁月的衣裳

不变的是灵魂的色彩

至此,我才明白

天地间

有一种情怀,叫

记住乡愁

岁月里

有一种感动,叫

不忘初心

——题记

  时任中宣部常务副部长、中央精神文明办主任黄坤明在出席《记住乡愁》第三季创作培训班时强调:"中华文化的根本优势,在于有着生生不息、博大精深的中华优秀传统文化,这些宝贵资源铸就了中华民族持久而强大的凝聚力和向心力,滋养着当代中国的发展进步,是我们必须坚守的精神高地,也是我们保持文化自信的坚强基石。"《记住乡愁》就是要让人们在艺术鉴赏中,增进对中华文化的感情认同,充分认识中华文化的独特优势和发展前景,进一步坚定人们的文化信念和文化追求。

作为举世瞩目的中华文化传承工程,大型纪录片《记住乡愁》前两季已经成功完成拍摄播出任务,立下了中国纪录片的又一座丰碑。二〇一七年一月二日,第三季又在中央电视台中文国际频道开播。算上第三季六十集,《记住乡愁》已经拥有一百八十集的巨大体量。

在我看来,这一百八十集节目,是电视人用三年心血编纂的新《四库全书》,筑就的新文化长城,开凿的新文化运河,修建的新文化航母,书写的新精神史诗,是中华文化的一次超常集成和空前博览,是中华民族精气神的跨时空汇聚,也是中华民族文脉的抢救性修复。它无疑是中华文化优良性、生机性、合法性、不可替代性的最广泛、最基础、最深厚地展示。

人们普遍认为,《记住乡愁》为华夏儿女走出精神低谷提了神,补了钙。它是电视人通过镜头语言对中国文化的一次主体性彰显,是电视人对中国文化的一次规模性进场和整体性发扬,让受众看到中国文化的主干性价值、主体性形态和一贯性方法论,有效地唤醒了中国人的意义世界,为时代进步提供了真实有效的精神底图和文化支撑。

随着采编的一步步深入，编导们心中的敬意和温情越来越浓烈。当镜头有了敬意，当话筒有了温情，再次面对这一艰巨的文化工程，就不觉得怯场，反而豪情万丈，担当精神就会油然而生，就会自觉肩负起这一神圣的文化使命，为弘扬中华民族的民族性精神、民族性生活、民族性情感而忘我工作。

对于一个从《诗经》里走出的民族，诗性本应是它的生命底色。因此，在第三季节目中，挖掘展现神州大地的美丽和诗性，就成为导演们的自觉追求，比如还乡精神和忍让人格。

原来人们只能在古人的文字中读到的桃花源理想国，在第三季成为事实。比如重庆偏岩古镇，勾画了一幅难得的士人还乡群像。士人们纷纷放弃城中生活，回到故乡，做起乡贤。公元一一四四年，巴渝第一状元冯时行从官场隐退后，回到曾经寄读的缙云山下开堂设馆。有意思的是，当年被他收留的贫困学生陈某，在中举后也拒绝为官，回到偏岩，开办了当地最早的义学。这种传统一直延续到近代。

滇南西庄镇给我们讲述了丰富多彩的忍让故事。

在古代，"忍"是一种十分重要的人格修炼方法。从内容上讲，它可以归纳为害忍、苦忍、欲忍、无忍：一是对他人的毒害我能忍；二是对一切自然苦痛我能忍；三是对一切私欲我能忍；四是无我之忍，既然我都没有了，哪里还有怨恨和苦痛？因此，无忍是看破世事真相，放下一切烦恼，也就是承认生命中没有可忍之事，没有可忍之人，因为一切不生不灭，一切都是整体，你就是我，我就是你，你伤害我，就是伤害你自己，同样也是我自己伤害我自己，还需要忍吗？《金刚经》云："如我昔为歌利王割截身体，我于尔时无我相、无人相、无众生相、无寿者相。何以故？我于往昔节节支解时，若有我相、人相、众生相、寿者相，应生嗔恨。"

从字义上看，"忍"是心头一把刀，但这把刀在生命的不同阶段，价值是不一样的，它的功用会随着生命主体的变化而变化。起初它给生命被动性力量，接着转为主动性力量。用古人的话说，先是顺转五行，继是逆转五行。就像一个婴儿，先要以呵护为主，刀锋要背对他；接下来就要雕琢，刀锋要面向他。

从境界上讲，"忍"可以归纳为忍耐、忍受、容忍、宽忍、忍让、忍念、忍心、忍无可忍，层层递进，心量依次变大，能量依次提高。第一个层面是忍耐、忍受，意思是接受难以接受的事情，即使把刀插在心上，也要接受。要耐得住，受得住。那把刀是让心流血的，让主体经受痛苦的，也就是除娇的。第二个层面是容忍、宽忍。"忍"和"容"联系在一起，和"宽"联系在一起，成为"容忍""宽忍"，就是能容人，能容事，那把刀是除霸

用心守护中华文明的万家灯火　193

的。第三个层面是忍让。不但能容,还能主动让出去,那把刀是除吝的。第四个层面是忍念。除欲心,除私心,意即心里的欲念、私念一产生,就要一刀把它铲除,保持心底的纯洁,那把刀是除念的。第五个层面是忍无,也即忍无可忍。因为忍者不存在了,"我"消失了;"我"消失了,"心"当然消失了;"心"消失了,心里的那把刀也消失了。古人把这个层面叫"无生法忍",是无生无灭之忍的简称。没有什么可以生,当然就没有什么可以灭,无苦的生,也无苦的灭,忍就不存在了。由有为,到达无为,"忍"就完成了,圆满了,究竟了。

相较之下,前三个层面是事上理上忍,是粗忍;后两个层面是心上忍,是细忍。前三个层面要做到,需要忠恕功夫,即"己所不欲,勿施于人",也就是老百姓常常说的"不忍心""将心比心",我不愿意接受的,也不要施加于人。我不愿意被人伤害,我们就不要伤害他人、他物。这个不忍心,事实上就是良心。所以,"忍"是古人致良知的方法论,完成人格的方法论,回到本体的方法论。孔子的耳顺境界,就是无忍境界;老子的无为境界,就是无忍境界;佛陀的涅槃境界,就是无忍境界。

在这集节目中,我们看到,唐时张公艺家九辈同堂,几百号人住在一起,但左邻右舍却听不到半句争吵。唐高宗封泰山时路过张家,听到他们九辈同堂,十分好奇,就给他出了一道难题：赐他两只外国进贡的凤梨，看他怎么分配。不想张公艺先拿它们上供祖先，然后捣成汁，做成汤，让大家品尝。唐高宗听说后，非常赞赏，就宣他讨教治家的秘诀。张公艺没有急着回答，而是要来纸墨，写了一百个大字，呈给皇上。皇上一看，全是"忍"字。唐高宗这才恍然大悟，治家要忍，治国更要忍，于是挥笔写下"百忍堂"，赐予张公艺。这就是西庄镇上著名的"百忍堂"的来历。

张公艺分凤梨是忍私。我们可以想象一下，皇上赏的凤梨一定非常难得、非常新鲜、非常好吃，通常情况下，拥有权力的人会私用私享，但是张公艺没有这么做，而是让大家分享，这是大忍。它带来的结果是什么呢？大家的敬服，敬服反过来又让大家主动忍。如此，我们就不难理解这个数百人的大家庭里，为什么没有半句争吵之声。

在张树元的母亲身上，还可以看到"忍"的不同方面。张树元出生不久父亲就去世了，母亲凭着坚忍的性格，一边抚养他，一边孝敬公婆。这中间，有多少艰难困苦需要忍耐忍受，可想而知。消息传到朝廷，朝廷准许张树元在官马大道为母亲建一座功德牌坊以示表彰。不想就在张树元备好石料，准备停当，就要开工时，此事却遭到邻寨人的反对。就在两寨人僵持不下时，张树元的母亲朱氏站了出来，让儿子放弃这个光宗耀祖的工程。邻寨人先是惭愧，后是感动，便在原地修了一座谭张两姓祠堂。而那些备好的石料就在那里静静躺了一百个春秋,成为两族世代和好的见证。在过去,一家人能够获得修建功德牌坊的资格,这对家族而言是天大的荣誉,一定意义上也是一个人用生命换得的成就,朱氏能够放下,说明她的心里已经没有"我"了,至少能够放下"我"了,否则,是忍不过去的。再说,既然朝廷能够赐建,她完全可以借皇家之势压迫对方,但是朱氏没有这么做,说明她有势不用,更是"无我"的表现,显然,老人家已经修炼到"无忍"的境界了。

在西庄古镇,我们看到他们不是愚忍,而是智忍。对于自己的得失,他们能忍;对于民族大义,他们决不无原则地忍让。这从他们筹资修建中国第一条民营铁路就可以看得出来。当年,清政府和法国签订了不平等条约,其中就有修筑滇越铁路这一项,谁都知道这是一项侵略计划,意在掠夺资源。就在这时,张氏家族会同镇上乡绅找到时任云南总督蔡锷,表示愿意捐资入股,自修铁路。一九三六年,投资两千零七十余万银圆的个碧临石铁路全线通车。为了奖励西庄人的大义,铁路在西庄镇设了站点。

相比之下,发明高效环保汽锅的张时迅的故事,让我们更加体会到忍让在现代商业社会的时代价值。当年,他和几个朋友各自拿出五十万元投资了一个紫陶坊。不想随着生意壮大，大家的经营理念发生了分歧，无法有效合作，他要撤股离厂，对方不同意。后来，他又提出几个更加宽容的方案，仍被拒绝，于是就下决心，一分钱也不要，净身退出。这意味着他要放弃资金，即便这是他抵押房子筹集的资金，但是他依旧决定不要了。他向亲朋好友借钱再创业，借钱发工资，同时还要给对方还贷款。"天道无亲，常与善人。"不久，张时迅发明的新锅在市场上一鸣惊人，赢得用户的青睐，很快从负债过渡到盈利，真可谓"退一步海阔天空"。

正因为如此，镇上在拆迁改造时，几乎没有人不配合，就连生子刚满月的谭雪花，也不顾刚生下孩子不能搬家的习俗，通情达理地把房子让了出来。如此，短短两个月时间，古镇街道的改造就完成了。仅街道两边的厕所，就有三百七十多间。这种速度、这种规模，在中国古镇改造史上也不多见，真是"一勤天下无难事，百忍堂上有太和"。

七年乡愁路

习近平主席在二〇二一年新年贺词中说:"唯愿山河锦绣、国泰民安!唯愿和顺致祥、幸福美满!"

听到这里,我不禁热泪盈眶,这不正是《记住乡愁》的初心吗?

二〇二一年元旦,《记住乡愁》第七季在央视中文国际频道(央视四套)首播,创下了百分之零点四九的收视率,取得了一千七百六十四万人次的收视佳绩,为同时段全国纪录片收视率第一,足见观众对它的喜爱。在各频道开年节目纷纷登场,晚会和娱乐节目竞屏的情况下,一部纪录片能够创下如此收视佳绩,真是难能可贵。

《记住乡愁》由中宣部等单位发起,中央广播电视总台承制,每年拍摄六十集,名为一季。第一、二季古村落,第三、四季古镇,第五、六季古街区,第七、八、九季古城。央视四套首播,一套、九套、中国教育电视台和地方卫视相继播出。

在中国纪录片历史上,《记住乡愁》创下不少纪录,无论是体量，还是受欢迎程度，都是鲜见的。前六季三百四十集的观众规模达到一百七十亿人次，被赞誉为"弘扬社会主义核心价值观最接地气的精品力作"，它被引入北师大国培班课程，被不少学校和公益课堂作为教材，同时被一些心理诊所作为治疗抑郁症和焦虑症的干预手段。

尤其值得欣喜的是，该节目被写入"'十三五'文学成就"，被列入"'十四五'文学规划"。

时光荏苒，我已经在"乡愁"剧组度过了七年时光。为之，我暂时放下了自己的文学创作，写了五十多篇宣介文章，差不多每一篇都在《人民日报》《光明日报》《文艺报》的重要版面刊登。

为什么对它情有独钟呢？在我看来，它是以电视纪录片方式总结历史规律、揭示历史趋势，是从历史根基、当代价值、国际视野、人类高度故事化地审视中华优秀传统文化，是对习近平总书记"四个讲清楚"地生动回应，是推进社会主义文化强国建设的精神力量，是对中华文化合法性的审美性证明，是中华民族电视版的《四库全书》，是以电视方式进行中华优秀传统文化、革命文化、时代文化的价值对接，是从百姓日常层面为人类解决现代性问题做出的探索。我在给《人民日报》的随笔中写道："记住乡愁就是记住根本，记住乡愁就是记住春天。"现在,这种感觉越来越强烈。

有意思的是,在我担任节目文字统筹的第二年,我的小儿子出生了。老年得子,我实在舍不得离开,但是又觉得这档节目太重要了,剧组太需要我了,我就强忍着思念,投入到工作中。我常给爱人说,咱照顾天下人的孩子,老天就会照顾咱的孩子。在我看来,《记住乡愁》的众多价值中,就有童蒙养正的功用。一定意义上,它就是一部很好的教科书,后来的家庭式热播证明了这一点。

节目在成长,编导在成长,儿子也在成长。

剧组的同志大多数是年轻人,给他们讲传统文化确实比较艰难。加上我是编外人员,所讲不能深、不能浅、不能急、不能缓,要非常恰当地把中华优秀传统文化的精髓融到故事里面,难度极大,要"致广大而尽精微,极高明而道中庸"。当初,大家可能觉得我有些迂腐,两年之后,编导们都说,从中受益了。让我感动的是,监制王峰、制片人王海涛、主编周密,在中宣部领导参加的总结会上,以发言的方式肯定了我对节目的贡献,也肯定了我对年轻编导成长的影响。

不懂历史做不了"乡愁",不懂传统文化做不了"乡愁",没有家国情怀做不了"乡愁",没有国际视野做不了"乡愁",没有公益精神做不了"乡愁",没有文学修养做不了"乡愁"。

监制王峰多次讲,"乡愁"编导尤其要把习近平总书记文艺座谈会的重要讲话精神吃透。

渐渐地,一种不同于其他纪录片的"乡愁体"在编导心目中成型,一些其他频道的纪录片高手到了剧组,会晕头转向,没有一年的熟悉,是很难一下子进入本档节目的创作状态的。

寻找故事的文化逻辑,成了"乡愁"人首先要练就的功夫。比如第七季嘉兴古城这一集,编导首先就要讲清楚"红船精神"为什么会诞生在这里,开天辟地、敢为人先的首创精神,坚定理想、百折不挠的奋斗精神,立党为公、忠诚为民的奉献精神和古城的历史和文化传统有什么渊源。就这样,《记住乡愁》像穿珍珠一样把五千年的文明历史给穿了起来,让我们看到了中华文化的一贯性。到此,编导们自然就会理解,为什么习近平总书记要讲"文化自信是更基础、更广泛、更深厚的自信"。

以宁夏三集为例,我讲讲在各省市推荐目录基础上遴选拍摄对象的过程。

宁夏因为鲜有适合节目要求的古建筑形态的村镇,目前只拍了三集,依次为单家集、南长滩和将台堡。这三个村镇,如果严格按节目形态要求是不达标的,但经我力荐,最终编导和制片人通过了选题。没想到拍出来效果非常好,特别是单家集回汉团结的故事,把编导和审片领导感动得泪流满面。

南长滩的规矩仪式对当今社会也有很好的借鉴意义,但当时采访非常不顺利。不知为何,村上最有发言权的拓校长对采访有种本能的抗拒,编导准备的采访提纲根本无法进行下去。好在我跟了去,我绕开采访提纲,从亲情入手,当我问到他母亲的时候,他一下子把话匣子打开了。我捕捉到了一个细节,他家房子盖得很漂亮,但家具都是旧的。问他为什么。他说,所有的家具和物件都是按他母亲在世时的格局摆放的,这样,他就觉得母亲还在。由此切入,他就给我们讲了这个村子的历史。

将台堡镇除了拍摄红军会师等重大主题,还拍摄了两名返乡青年。他们在外打拼有了一定的资本积累后回到家乡,在不离乡不离土的情况下带领乡亲们发家致富。难能可贵的是,谢宏义还建书院,续文脉,教化一方,这无疑对"美丽乡村"建设具有重要启示意义。如果没有一部分有识之士返乡,空巢空村的问题将很难解决。我随编导走过一些乡村,发现一些新农村建得比城里的房子还漂亮,但不少院门挂着大铜锁。如何让这些美丽乡村人气旺起来,将台堡镇这一集节目给了我们很好的启示。让我感动的是在将台堡镇这一集中,制片人给了我两分半钟的镜头,让我出生成长的老堡子也进入了节目。有意思的是，宁夏早教协会还把它进行了开发，把《记住乡愁》的剧照悬挂在屋墙上，和谢宏义兴建的书院一起，让研学旅行的家长和孩子参学。央视《美丽乡村》的节目导演徐凤兰随团采访后感言，这无疑是"美丽乡村"建设的一个好样板。

到了第三年，编导团队基本上掌握了中华优秀传统文化的精髓，对中华优秀传统文化和革命文化、时代文化的关系也有了一定理解。制片人王海涛先生体谅我的家庭情况，让我从文字统筹渐渐向策划和撰稿过渡，从微观向宏观过渡，让我北京、银川两边跑。

我也就变成一个"空中飞人"，每年后半年，差不多要每周飞一次北京，行李箱就没有收起来过。我在住地的一些洗漱用品都寄存在前台，服务员都认识我了。

越做越觉得这档节目的历史意义、现实意义之重大。我常常给编导们讲，如果把孔子和老子时代人们的生活方式拍下来，在今天真是价值连城。《记住乡愁》是国宝。有了这样的认知之后我坚持了下来。从第五季开始，新的干部管理要求出台，每次外出必须请假，每次都要央视发邀请函，我感觉这样太麻烦市委领导，就向剧组写了辞职报告，但是制片人无比恳切真诚的一封回信，让我不得不再次返回剧组。

我在全国讲课时，常常引用四川德胜村的故事。两青年打架，一人把另一人的眼睛打瞎了，肇事者逃逸，不想受伤者祁永兵不但没有计较，反而去帮肇事者的妈妈种庄稼。记者问他，怎么做到的？他说，心怀仇恨，他不快乐，我也不快乐；把仇恨忘掉，他快乐，我也快乐。在云南芒景村，有一个叫吕江的女性。她的丈夫因外遇私奔，没想到在途中遇到车祸一命呜呼，吕江不但没有计较，而且筹资给她的丈夫办了一场很体面的葬礼，还帮他还清了十一万元的外债。记者同样问她怎么做到的，她说我的丈夫背叛了我，是他做人的失败，但是作为一个妻子，应该尽到妻子的责任。她在为他做这一切的时候，感到很欣慰。这些年我用这个故事劝和了许多夫妻，用祁永兵的故事劝和了许多抱怨的人、心怀仇恨的人。这种乡愁故事和电影不一样，电影是虚构的，纪录片是可以作为论据使用的，更何况是央视这种有公信力的媒体拍的纪录片。

应该说，节目进入第七季，杭州、开封、九江、高邮这些古城展开在编导面前时，除了体量变大、难度变大外，编导也进入了疲劳期，该用的词都用完了，该用的结构也用完了，该用的方法也用完了，怎么再上台阶？坚持下去，不断创新是我们一直秉持的创作理念。我给制片人分析，一档节目如何变成国家的刚需、百姓的刚需、文化传承的刚需、人类走出困境的刚需，这既是坚守也是创新。就像我们再怎么创新还是要晒太阳，再怎么创新还是要吃大米，再怎么创新还是要喝水，再怎么创新还是要呼吸空气。创新是重要，但守正更重要。

我也常给剧组的同志讲，在今天，无论是教育、文化，还是传媒，一定要走"社区推送"的道路，亦即精准推送。在做节目的时候，就要想到和缘分内的受众精准对接。对于这部分观众，广告传播意义不大，主要靠口耳相传和受益传播。

多年的志愿者经历让我知道如何走进真正需要我们的受众中间去。我发现，在信息爆炸的今天，特别需要精准服务，比如建群，比如线下课堂，也特别需要服务者保持定力和耐力，一场接一场、不厌其烦地反复讲一个观点，反复推送一部经典，用文火把一锅馒头蒸熟。

那些爆炸式火爆的节目，一时很热，但大多很快就会凉下去，而能让观众作为精神营养观看的节目，一定会保持恒温。我常讲，没有疾病的人是不会进药店的，没有饥饿感的人是不会进餐馆的。一档节目、一本杂志、一份报纸必须走刚需路线，就是带着问题意识，带着前瞻性，带着爱和情怀，精准推送。

每次过选题和审片的时候，大家都会议论一下社会现象，比如北大毕业生吴谢宇的弑母案。大家都觉得不可思议，一个儿子把自己的母亲用那么冷静的方式杀掉，还在现场安装了探头,使整个案件很长时间破不了。从吴谢宇的案件里面我们看到,对高才生的教育就是一把双刃剑。讨论很激烈:教育到底哪里出了问题?孩子到底应该怎么教?父母到底应该怎么做?儿女到底应该怎么做?说到最后,大家常常用一句结语结束讨论:"还是要好好看《记住乡愁》,我们还是要好好做节目。"从大量反馈信息得知,确实有许多逆子看完《记住乡愁》转变了。

助力乡村振兴

二〇二二年一月三日晚,《记住乡愁》第八季的编导们围坐在电视机前,盯着节目播出,也盯着收视率。当中文国际频道播出的《记住乡愁》第八季第一集《桃花源村》的排名超过其他节目时,大家兴奋不已。八年来,每年累计有三十亿左右人次的观众,不离不弃地收看这档节目。从文字统筹、撰稿,到这一季的策划,我见证了这个不忘初心、夕惕若厉、具有马拉松耐力的团队是如何超负荷战斗的。

新一季《记住乡愁》决定拍摄"乡村振兴"系列时已临初秋,要在半年内完成六十集节目,难度可想而知,但节目还是顺利开播了,而且每一集都保持着极高的关注度和收视率。

《记住乡愁》新一季节目通过展现当代中国乡村风貌,讲述乡村振兴故事,通过对乡村之美、乡村之富、乡村之强的记录,折射出中华优秀传统文化在乡村振兴过程中的力量,展现了绿水青山中的现代乡愁。六十集节目涵盖了全国二十三个省、自治区、直辖市,从无锡桃源村精益求精的农耕文化,到丹东大鹿岛村耕海牧渔的海洋传奇,从保定骆驼湾村"只要有信心,黄土变成金"的振兴之路,到黄山卖花渔村"爷爷种树孙儿卖"的产业延续,从"京郊板栗第一村"六渡河村的甜美生活,到河北"音乐敲响幸福门"的周窝村、"贺兰山下美酒香"的昊苑村,等等。人们可以在生动感人的电视画面中看到当代中国的发展现状,看到中华民族丰厚的乡土文化,看到承载着几代人的乡愁情感。从脱贫攻坚到乡村振兴,中国乡村发生了千百年来前所未有的历史性变革,它们正朝向产业兴旺、生态宜居、乡风文明、治理有效、生活富裕的目标发展。节目用质朴的泥土语言,讲述了一户户烟火人家的故事,展现了乡村振兴主人公的风采,为中国乡村勾勒出一幅美好画卷,彰显出中华优秀传统文化在乡村振兴过程中的时代价值,向世界呈现了一个可信、可爱、可敬的中国形象。

不同于前七季,第八季节目由中共中央宣传部、住房和城乡建设部、农业农村部、国家广播电视总局、国家文物局、国家乡村振兴局六家部委联合发起,由中央广播电视总台承制,可谓阵容强大,在已播出四百集之后,"乡愁"人的目光从古城再次回到乡村,和第一季的古村落对比,我感慨万千。

二〇一二年十二月三十日,习近平总书记顶风踏雪到骆驼湾村"看真贫",脱贫攻坚的动员令从这里发出,他鼓励乡民们,"只要有信心,黄土变成金"。十年来,乡民们没有辜负总书记的期望,靠着香菇种植和旅游发展,把往日的"真贫村"变成了"特色村"。不同于以往报道的新闻视角,《记住乡愁》编导以文学视角和跟踪镜头,展现了"只要有信心,黄土变成金"的动人历程。

这种动人历程,在宁夏贺兰山下的昊苑村也被体现得淋漓尽致。观看这集节目,我不禁想到了二〇二一年走红的电视剧《山海情》。

二十多年前,昊苑村所在的贺兰山东麓还是一片荒无人烟的戈壁荒滩,"西部大开发"后,甘肃、陕西、安徽等八省十七个县的创业者,带着对美好生活的向往来到了这里。他们没有想到,这里根本就不适合人生存,满眼所见,除了茫茫戈壁,就是"风吹石头跑",不少人选择打道回府,但也有不少硬汉留了下来。他们在远不着村、近不着店的荒漠里,就地挖个沙窝,盖着茅草睡觉,用罕见的硬汉精神,最终生存了下来,先是完成了生态养护,继而种植出万亩葡萄园,使这里成为地处中国最大酿酒葡萄集中连片产区里的一颗璀璨明珠。

这种动人历程,同样体现在江苏桃源村、辽宁大鹿岛村。

编导李娜在《桃源村》的"编导手记"中写道:"还记得在《桃源村——桃源深处有人家》这期节目进行实地调研之前,我们栏目组开会讨论选题,大家在听到我说起一个数字的时候,瞬间炸了锅,那就是桃源村村民二〇二〇年的人均年收入高达六万一千七百元。这个数字是什么概念呢？二○二○年的时候，桃源村所在的无锡市居民的人均年收入只有五万七千八百元，也就是说，这个小村庄里老百姓的人均年收入大大高于无锡市的人均年收入，甚至超出了很多城市的水平。我还记得当时有位同事说，真不敢相信，现在中国的乡村都已经富裕到这个程度了。"

编导吕妍在《大鹿岛村》的"编导手记"中写道："对于今天的大鹿岛，我最大的感触是震惊。一是震惊于它的发展模式。大鹿岛已经脱离了单一产业，实现一产带动二产，并助力三产的发展。村庄依靠传统捕捞业、深海养殖业以及旅游业，走出了一条三产齐头并进、融合发展的乡村振兴路。二是震惊于人们的生活竟如此富裕。有做着几千万买卖的养殖户，一条捕鱼船每年至少能带来三五十万的收入；有做旅游、开民宿的，每年最少也能赚上二十万。三是震惊于这座黄海上的渔村，会有如此完备的配套设施。边防派出所、学校、医院、应急直升机、供电所、快递站点、柏油路、星级酒店、民宿等一应俱全。今天，这座兼具居住与旅游双重功能的海岛渔村，与城市无二。"

在卖花渔村、周窝村，农民不但生活富裕，还把日子过出了诗意，劳动如插花，生产像音乐。难怪编导吕明月要在"编导手记"中写："当年，我们争先恐后地逃离乡村，纷纷拥向城市,因为那里有更便捷的生活。当乡村振兴被提出的时候,我们知道,我们的未来终于要和我们的过去联结在一起了。"

在六十集节目里,编导们除了展现"产业兴旺"和"生活富裕",同时还会关注"生态宜居""乡风文明""治理有效",更会思考乡村振兴之于中国梦的实现、之于人类命运共同体构建的重大意义。

乡愁里的党史

高淳老街

清晨,当城市开始喧嚣忙碌起来的时候,距离南京一百多公里的高淳刚刚苏醒。只有八百多米长的高淳老街,却浓缩了自宋以来历代建筑的精华,被誉为"金陵第一古街"。十多条巷弄沿老街横向排列,形成了鱼骨状的街区格局。青瓦白墙间,少了一些都市的尘嚣;寻常巷陌处,多了几许水乡人家的温婉。

高淳东邻苏州、无锡,西接安徽,自古就被誉为"日出斗金、日落斗银"的鱼米之乡。

高淳之高,在其眼光放得高远;高淳之淳,在其心思始终淳朴。灾难过后,艰难度日的高淳人没有放弃重建家园的决心,而是形成了一个习惯:只要卖上一捆柴或一筐鱼,总会从牙缝里省出一点儿钱来,置几块砖买几根木料留着,农闲时间,就在密密麻麻的水网中一担担运土、一砖砖垒堤,像燕子衔泥般重建家园。

历史终究没有遗忘这片良善之地,时代也不会抛弃这些淳朴之民。多年后,一条崭新的街道再度出现。明弘治四年(一四九一年),高淳独立成县,老街成为县衙所在地,比以往更加繁华热闹。乾隆皇帝下江南时,就曾游历高淳,当年御用的水井至今还陪伴着老街人的生活。

几百年的时光没有改变老街的格局,蜿蜒的街道好似钱兜的形状,寓意着"聚财兴旺,前程无限"的好风水,从审美上来说,也有移步换景、别有洞天的感觉。沿街前店后宅的砖木骑楼,是典型的徽派风格。从建设之初,老街人就把对生活的美好向往融入一砖一瓦中。直到今天,人们还能在门梁木雕上看到"文武财神""招财进宝""福禄寿三星"的形象。

吴家大院原是吴氏家族的祠堂,也是老街人商量大事的地方。一九三八年六月的一个夜晚,一位操着外地口音的客人来到这里,挥毫写下一首《东征初抵高淳》,他就是新四军第一支队司令员陈毅。"芦苇丛中任我行,星星渔火水中明。步哨呼觉征人起,欣然夜半到高淳。"这首诗记录了新四军第一次来到高淳时的情景。

高淳人接纳了这支年轻的队伍,先后把三千多名子弟送去参军,以极大的奉献精神支持着人民子弟兵。

抗战时期,高淳老街成为新四军茅山根据地和皖南总部

乡愁里的党史

的重要中转站。一次惨烈的战斗后,新四军伤亡极大,为了不影响整体行动,部队决定让伤员就地养伤。为了避开日伪军拉网式的扫荡,高淳人把伤员藏进固城湖的芦苇荡里。艰难的生活使伤病员的病情恶化了。消息传出来,乡亲们非常着急,他们冒着被日伪军发现的危险,半夜偷偷给战士们送去粮食。

子弟兵为人民浴血奋战,高淳人倾其所有支持他们。国难当头之际,高淳人深明大义,如同他们的先辈一般做出了选择。

直到今天,每当说起往事,八十七岁的吴河水老人都是满脸的自豪。

今年九十岁的梅位炳,当年跟着师傅为新四军做军鞋,从此学得了一门手艺。中华人民共和国成立后,他在老街开了一家布鞋店,手工缝制的布鞋舒适透气,很受街坊邻居欢迎。改革开放后,高淳老街成为小有名气的商业街区,"梅家老布鞋"也成了品牌,上了电视、报纸,还被热心人介绍到网上,销量越来越大。高淳人不屑名利之争,要的只是内心那份知足常乐的满足。七十多年过去,梅位炳老人成闻名遐迩的老师傅,但却始终过着淡然从容的日子,用手中的一针一线,缝出了老街人的淳朴与善良。

在高淳老街,还有许多像梅位炳这样的手艺人,他们守着一份老传统和旧情怀,以一种近乎执着的态度延续着数百年来的风俗。

将台堡

秋日的暖阳透过淡淡的晨雾,洒落在六盘山西麓的将台堡镇。一大早,人们就在院子里忙乎起来,擦拭锹铲,准备农具。将台堡的十月,正是马铃薯收获的季节,田间地头都是忙碌的身影。铁耙挥动间,一颗颗马铃薯破土而出,将台堡人坚守了千百年的土地,年年带给他们丰收的喜悦。

位于宁夏回族自治区西吉县的将台堡镇,地处黄土高原腹地,左邻葫芦河,右靠马莲川。当年,这里的先辈们在黄土高原上建起一座座土堡,聚族而居。在漫长的时光中,这些土堡渐渐被风雨剥蚀,镌刻下岁月的沧桑。如今,将台堡人围绕着土堡修建起新式住宅,虽然古镇的样态有了翻天覆地的变化,但浓郁的西北风情却始终没有改变。暖暖的日头下,三三两两的老人临街而坐,孩子们在一旁嬉戏玩耍,闲话家常间,娓娓道来的是古镇的往事、祖上的荣光。

对于古镇里的人们来说,家园的安宁就是他们得以繁衍生息的根本所在。在历史的长河中,每当有外敌入侵,将台堡人总会挺身而出,浴血沙场。而战争平息后,他们又会竭尽全力建设自己的家园。

历史上,凭借着地理优势,将台堡成为古丝绸之路上的一处重要商贸集散地。随着商队的聚集、人口的增加,将台堡逐渐热闹繁荣起来。到了二十世纪三十年代,中国大地开始了一场剧烈的变革,红色革命的星星之火开始呈现燎原之势,这座有着千年历史的小镇又一次迎来了新的蜕变。

将台堡古镇的中心广场上有一座高高矗立的中国工农红军长征会师纪念碑。早在八十多年前,即一九三六年十月,贺龙、任弼时等率领的红二方面军和红一方面军在将台堡胜利会师。这座有着保家卫国传统的千年古镇,迎来了一支人民的军队。

在红军到来之前,将台堡一直处于纷乱和动荡中。当地军阀割据,土匪横行,经常有军队到镇里抢粮草、抓壮丁,搞得人心惶惶。为了让当地百姓了解红军,战士们挨家挨户宣传政策。白天,他们在古镇里帮着打扫街道和院落,晚上就铺一个草垫子,睡在街头。红军严明的纪律、良好的作风感动了将台堡人,原本躲在山里的百姓陆续回到家中,虽然生活十分困难,但他们依旧拿出仅有的粮食送给红军。

古镇里至今还保留有一口水井,它是那段军民鱼水深情的历史见证。

当时,将台堡只有一眼小水泉,当地人的生活用水一直很紧张。红军驻扎下来后,看到这种情况,便决定不给百姓添麻烦。

那段日子里,战士们不但每天要往返数公里去葫芦河挑水喝,还组织了一支队伍,在原来小水泉的位置,向下深挖了十多米,建成了这口水井。西吉县文化馆馆长刘成才说,这个井打成以后水量很旺,为当地的百姓生活发挥了很大的作用。老百姓为了纪念红军,就把这口井叫作"红军井"。

如今,将台堡的居民早已喝上了自来水,但是人们还是特意保留下这口水井,并且在旁边写上"饮水思源"四个大字,提醒着后世的人们铭记历史,不忘恩情。

红军在将台堡停留的时间短暂,却在当地产生了深远的影响。红军为国为民的初衷、为百姓谋福利的一举一动,让有着保家卫国传统的将台堡人感同身受,也让他们对美好生活充满了向往。当红军离开的时候,有上百名古镇居民跟随红军参加革命,一同踏上了新的征程。

对于那段红色往事,古镇人至今难以忘怀。在红军会师纪念碑前,经常有人献花,来缅怀那段红色岁月。如今,远离战争硝烟的古镇,又迎来了一次新的发展机遇。

当红色记忆融入千年古镇,将台堡便有了不一样的底蕴和气度。"红粉"是古镇最有特色的小吃。当年,红军到来时,见这里盛产土豆,但百姓却不懂加工方法,做出的粉条色泽发黑,口感粗糙。一些来自南方的士兵,便把家乡的制作技术教给了古镇人。从此之后,将台堡生产的土豆粉条不但晶莹剔透,还十分美味,成为家家户户非常喜爱的食物。古镇人也因此亲切地把它称为"红粉",这美好的称呼既是对红军的感恩,也寓意日子的红红火火。

太平镇

太平古镇素有"赤水明珠"的美誉。历史上,它曾经是川黔商旅集散的贸易重镇;如今,它是远近闻名的旅游小镇。人们来到太平镇,不仅仅是为了欣赏这一份保存良好的、古雅质朴的古镇风情,还为了追忆和感怀古镇曾经拥有过的光荣岁月。

四渡赤水太平渡陈列馆中,矗立着一组雕塑。一个是神情专注、书写标语的红军战士;一个是憨态可掬、举着木桶的小男孩。这个小男孩的人物原型就是如今已九十二岁高龄的车盛寅老人。

从古蔺县电力公司离休后,车盛寅回到了太平镇,腾出自家老屋,筹建了"红色见证"展览馆,为过往游客义务讲述他当年亲身经历的故事。

一九三五年一月底的一天早晨,平常热闹的太平古镇异常冷清。空荡荡的街道,只剩下车盛寅和他的父亲车在田。因为镇上的居民听说有一支部队要来,感到恐慌,都躲进了山里。车家父子由于身体原因,行动不便,只好抱着听天由命的态度留在镇上。没多久,一支红军队伍走进了古镇。

车盛寅家当时是做小本生意的。红军来的当天上午下雨了,房子有点儿漏,父亲车在田拿盆去接。有个红军战士就问,老大爷,您在做什么?他说,他房子漏了。那个红军战士说,让他看看。他就爬上去给补好了。

红军战士的举动让车在田十分感动,他觉得这是一支值得信任的部队。于是,他给躲在山里的乡亲们传递消息,让他们安心回家。山上的百姓回来了,镇上又重新热闹起来。

慢慢地,红军严明的纪律和对百姓真诚的情感打动了太平人,古镇居民开始把红军当成了朋友、亲人,不仅把他们接到自己家里居住,还拿出平时舍不得用的新毛巾给战士们使用。古镇居民像过年一样,煮上一锅锅鸡蛋,端出热腾腾的茶水,招待这支在长征途中疲惫劳顿、需要休整的队伍。

为了治疗部队伤员,古镇的居民们组织起来,设立临时医院,镇上的医生们都义务出诊,免费施药。作为古镇上有名的老中医,胡大成也参与其中,救治了不少伤患。

胡大成用祖传的创伤药为红军治疗枪伤,效果十分显著。虽然胡大成平日里慷慨大方,遇到拿不出医疗费的病人,也会免费治疗,但是对于他家的祖传秘方,却始终守口如瓶。

古镇居民胡兵说,因为爷爷在行医的时候,曾祖父告诉过他,秘方不能够告诉任何一个人。最后他和奶奶商量,第二天红军要走的时候,他把秘方送给了红军。

胡大成和家人说,红军是为天下百姓谋福利、谋幸福的军队,帮助红军,就是帮助自己。赠予祖传秘方,可以挽救更多战士的生命。

胡大成的情义让红军十分感动,临别时,红军把一本珍贵的西医医书送给了他。如今,这本医书被珍藏在古镇的博物馆中,成为太平人民与红军队伍深情厚谊的历史见证。

慷慨热情的太平人与远道而来的红军相处融洽,在那段艰苦的征程中,太平人敞开胸怀,把红军当作亲人和朋友。在四渡赤水之战中,同德同心的太平人又凝聚了起来,成为人民军队最坚实的后盾。

由于前有大河,后有追兵,三万名红军战士要在短时间内强渡赤水河不是一件容易的事。在缺少渡船的情况下,他们只能想办法搭桥过河。但是,在宽阔凶险的河面上,人们很难快速搭起一座长桥,为此,太平人想出了一个独特的办法。

古镇上的所有居民拿出自家的小船,把船作为支点,船与船之间用纤绳和船艄连接,两端固定在岸边的岩石上。

镇上的居民纷纷拆下自家的门板,送到太平渡口。一块块门板被人们铺在了木桨和纤绳上,只用了一个晚上的时间,太平人就为红军搭起了一座浮桥。后来,红军主力军从这座浮桥上渡过赤水进入贵州。当红军最后一支后卫队通过浮桥后,太平人又冒着枪林弹雨,帮助红军把西岸四川一侧的绳索砍断,整列浮桥随着湍急的河水漂走,断了敌军的追路。

在红军长征的关键时刻,太平人把自己的命运和红军的命运紧密地联系在一起。在历史的转折点,他们与人民的军队站在一起,为中国革命的最终胜利做出了巨大的贡献。

马牧池

马牧池乡位于山东临沂市北部,沂蒙山区的核心地带。

沂蒙山位于山东省中南部,这里不仅是革命的老区,也是世界著名的长寿养生胜地。马牧池是过往军队在汶河边上建造的饮马的池子。它群山环绕,易守难攻,有"一夫当关,万夫莫开"之称,是兵家必争之地。二十世纪三十年代,中国共产党领导的山东人民,以沂蒙山为根据地,发动了抗日武装斗争。大批共产党员从延安转战来到山东,八路军一一五师师部和部分主力也先后进入沂蒙山区。

乡亲们把从牙缝里挤出来的粮食做成好吃的给革命战

士的孩子们吃。他们心甘情愿为革命战士抚养孩子,解决他们上战场作战的后顾之忧。

八路军的到来,让沂蒙山区的人民看到了希望,也看到了他们为人的高尚品德。八路军战士为老百姓挑水、打扫院子,这一切让当地的百姓看在眼里、记在心上。大姑娘、小媳妇第一次走进学堂读书识字,并且有了自己的名字。根据地的减租减息政策惠及当地人民,在国统区、敌占区每亩地要交八十斤、上百斤的租子,而在沂蒙山根据地仅需要交十几斤。

驻扎在马牧池的八路军发动群众,组织生产建设,提防敌人的进攻。当敌人来冒犯时,八路军首先保护的是老百姓,其次想到的才是自己。由于常年奔波在外,许多八路军的孩子出现了营养不良的情况,有的甚至生了重病,看到这种情况,乡民于爱梅的奶奶向徐向前司令员建议,成立地下托儿所,烈士和干部的子女被分散到农户家中抚养。

在于爱梅的母亲张淑贞的眼里,革命战士的孩子就应该由大家来共同抚养,即便是自己不吃不喝不睡觉,也得把革命战士的孩子养大,这是革命得以继续的根啊!罗东进出生三四个月就被母亲带到山东,由张淑贞抚养。七十多年过去了,罗东进将军提起这件事依然感动不已,难以忘怀。罗东进将军回忆,当时自己就是被这些大爷大妈像大鸟喂小鸟一样口对口地喂养的。当时送到张淑贞家的孩子有几十个,从七八岁到刚出生三天的,孩子大小不一,张淑贞就和婆婆一起挨家挨户打听,谁家有正在哺乳的妇女,让人帮忙喂养母乳。

由于孩子多,仅有的奶水不够,张淑贞就让自己的孩子喝粥,吃粗粮,把细粮留给八路军的孩子吃。她先后哺育过多名烈士子女和八路军后代,但自己唯一的儿子由于照顾而不幸夭折。

张淑贞老人告诉女儿于爱梅,八路军都在前方打仗,有的已经成为烈士,他们的根不能断,自己还年轻,还可以再生。

这些被乡亲们带大的孩子,长大后在马牧池都有了"娘"。为了让"娘"过上好日子,安度晚年,也有很多人提出要把"娘"接到城里生活。但他们的这些"娘"却不愿离开故土,更不愿给孩子们添麻烦,她们觉得八路军在前方为老百姓卖命,老百姓做一点力所能及的事是应该的。

当然,这些孩子们对于"娘"的养育之恩是铭记在心的。农历九月十三,是"娘"张淑贞一百零五岁寿辰。过去,孩子们都会回到马牧池为她过生日。如今,"娘"当年一口口养大的孩子们,也大都七八十岁了,他们特意从北京赶来,决定用一场特殊的仪式来给"娘"过生日,祝福革命老妈妈生日快乐。

马牧池是一座拥军爱军的历史城堡。当年沂蒙山的老百姓们就是住在这种由石头砌成、茅草做屋顶的尖顶圆形的

"团瓢"里,它为掩护革命战士和保护伤员起到了功不可没的作用。

一九四一年十一月的一天,大批日伪军包围了驻扎在马牧池的八路军山东纵队司令部,战斗一直持续到第二天中午。明德英出去挖苦菜碰到了小战士,把他背回了家。面对流血过多、奄奄一息的小战士,她顾不了很多,用自己的乳汁一滴一滴来喂他。在那个封建思想还很严重的年代,一个女人用自己的乳汁救治一名革命战士,这足以见证了军民鱼水情。她当时把小战士当作自己的孩子来救治,这在今天看来也是一种伟大无比的举动。

为了不让敌人发现受伤的小战士,明德英和丈夫把他藏在屋后林地的一个空坟里。明德英还让丈夫杀了家中仅有的两只鸡,做成鸡汤,一口一口地喂给小战士喝。在明德英夫妇的精心照料下,半个多月后,小战士就伤愈归队了。乳汁喂伤员的故事后来被改编成舞剧《沂蒙颂》,广为传播。

家家有红嫂,村村有烈士,这在马牧池是一件常见的事,八路军舍身为民,百姓心里像明镜一样。他们知道没有八路军来保卫国家、保护百姓,百姓将会成为日寇脚下的草木,后果不堪设想。

马牧池人也竭尽全力去帮助八路军,和他们并肩同行,倾尽全力地支持着人民的军队。如今的汶河在静静地流淌着,在战争年代的烟火中,它的汹涌却不止息。

一九四七年五月,孟良崮战役爆发。汶河是战斗的必经之路。为了让部队尽快过河,妇救会会长李桂芳接到了紧急命令:必须迅速在汶河上架起一座桥。然而,村子里的青壮年男人都去参军了,只剩下年迈的老人、孩子和妇女。情急之下,李桂芳找来多名妇女,抬着自家卸下的门板,蹚进冰冷的河水中,临时架起了一座"人桥"。当时水最深的地方到肚脐,她们分组,四个人一个门,门接门,人靠人,把"桥"搭起来了。

在这争分夺秒的时候,战士们赶到河边,看到曾经给自己送饭、做军鞋的大娘、姐妹们,用肩膀扛起的"人桥",都惊呆了,谁也不忍心踏上这座"桥"。有的战士说他们不能踏着妇女同志的肩膀过河。李桂芳劝他们不要犹豫,在这个关键时刻,时间就是胜利,坚决要求大家踩着"人桥"过河。

因汶河正值桃花汛,水位上涨。沂蒙"红嫂"在冰冷刺骨的河水中用自己羸弱的身躯扛着门板,也扛起了一条通往胜利的通道。战士们一个个踩着"人桥"过河了,但"红嫂"们却被这冰冷的河水冲击留下了伤痕,有的流产,有的残疾,有的终身失去了做母亲的权利。

这些"红嫂"都是当地一个个随处可见的平凡人,然而她们身上体现出来的无私和勇敢却至高无上。正是沂蒙丰厚的

乡愁里的党史　225

历史文化土壤养育了这样爱憎分明、宽厚豁达的一群人。"红嫂"在沂蒙地区是一个光荣而伟大的称呼,那些普通的"傅大娘""李大娘""段大娘"被人们亲切地称为沂蒙"红嫂"。正是这些普通的红嫂们,在后方为革命的胜利撑起了一片蓝天。在马牧池,许多老人都参加过支前。老人们常说,人有善念,天必佑之。其实正是他们大公无私的付出,才换来了今天的安定和福报。如今走在这古朴、朴素、青石相依、茅草相伴的地方,回顾往昔峥嵘岁月,仿佛一切就在昨天。今天的幸福离不开昨天老一辈舍生忘死的付出,所以感受幸福和珍惜幸福是历史留在这片土地上最好的庄稼。

竹沟

竹沟位于伏牛山和桐柏山交界地带,因地处偏僻的山区,自然条件差,历史上,这里的人们大多从事笨重的体力劳动。

行走在古镇中,一座座古色古香的豫南民居,向人们讲述着这里过去的岁月。历史上无数次反抗压迫的斗争,让竹沟人形成了不甘屈服、勇于抗争的精神。革命年代,竹沟被人们称作"小延安",从这里走出了无数影响中国历史发展的仁人志士。如今在古镇里,竹沟革命纪念馆和竹沟革命烈士陵园,依然记载着那段难忘的峥嵘岁月。

一九一九年,在进步思想的影响下,竹沟展开了激烈的反帝反封建运动。中国共产党成立后,在京汉铁路沿线成立了铁路总工会,实施罢工和北伐,大批竹沟人也汇入这股革命的洪流当中。

如火如荼的革命运动影响了无数人,得到了竹沟百姓们的无私支持和大力帮助。

在中国共产党的领导下,以竹沟为中心的桐柏山区根据地建立起来,成为南方八省十四处游击根据地之一。

如今竹沟的古街被命名为"延安街",而竹沟的铁匠精神和革命斗争精神,则演绎出一幕幕新时代开拓进取的华美篇章。

战争的硝烟慢慢散去,古镇人走进了新的时代。在经济发展的浪潮中,面对资源匮乏、地少人多的困境,竹沟人再次鼓起了勇气,走出大山去开拓市场,写下了一个又一个传奇故事。

竹沟革命纪念馆广场上,一群中学生正用竹沟人自己制作的小提琴,表达对竹沟革命烈士的缅怀和追忆。他们用和平年代的琴声,向开垦出这片和平土地的先烈致敬。

当勇于开拓、敢为人先的传统文化与红色革命文化融为一体,竹沟人谱写了一曲曲奋斗的赞歌,描绘出一幅美好的

乡愁里的党史　227

生活画卷。它勾起人们对青山绿水的乡愁,也唤起了那些流淌在人们血脉深处的红色记忆。这古老的文化血脉,正穿越历史,走向未来。

第三辑

中共中央总书记、国家主席、中央军委主席习近平，冒雨向红军会师纪念碑敬献花篮，并参观三军会师纪念馆。

习近平总书记深情地说，这次专程来这里，就是缅怀先烈，不忘初心，走新的长征路。

乡村的诗意

几位喜欢拙著《农历》的学生在宁夏银川张罗着开了一家餐馆，走廊里装饰有我老家景物的照片，这让我对餐厅生出许多亲切感，隔一段时间，就想找个理由去吃一顿。他们问我饭菜味道怎么样。我说，很好，但总觉得菜品要是再"土"一些就更好了。我实际想说的是，如果能吃到小时候的味道就更好了。后来知道，提这种建议的不止我一人。在大街小巷布满了餐馆的城里，大家之所以选择到这里用餐，就是想重温"农历"的味道，留住那一缕魂牵梦绕的乡愁。

估计不少人有同感，每回一次老家，村子都会陌生许多，小时候躲猫猫的院落、掏鸟蛋的树、跳房子的麦场、打泥巴的墙角等渐渐不见了。一天，我坐在山顶，望着山下焕然一新的建筑，想，有没有一种既现代又能留下乡愁的模式？祖先们讲的"中道"，能不能在"美丽乡村"建设中体现出来？

让我感动的是，就在这时，县上决定，把一些具有文化符号性质的地标保护下来，我出生成长的那个老堡子也在其列,并且要稍加修缮,成立我的工作室。我就一次又一次地给负责修复的同志说,一定要修旧如旧,帮我把通向童年的那扇门留住。

虽然村里通了自来水,但老堡子后的那眼水井要保护好。哥哥成年后,就在堡子的后院打了这眼水井,不但自家吃,邻居们也吃。还记得当年打那眼水井的情景,乡亲们都来帮忙,一铲一铲地挖,一篮一篮地提,打了十几天,终于把水打出来。我记得,哥像个泥人似的从井里上来;我记得,我趴在井口,在渐渐上升的井水里寻找自己;我还记得,父亲和哥哥做辘轳的情景……

我喜欢打水,把木桶挂在绳头的铁卡子上,从井口放下去,然后放松辘轳上的井绳,让桶子往下落。当桶子触碰到水,嗵的一声,马上有一种来自井底的重量感通过井绳传导上来。通过那种重量感,你会判断桶子是否吃满了水,如果没有,就再放一次,感觉吃满了,就屏着气摇辘轳。把井绳一圈一圈地缠在辘轳上,一圈一圈摇的时候,一种沉甸甸的渐次上升的收获感会通过胳膊充盈全身。桶子越来越清晰地上升,等它到了井口,抓着湿漉漉的桶把,把桶子提到井台上,我仿佛看到,心里有另一个我在向水井鞠躬,那是一种迎请、一种感动,向着来自大地深处的甘露。

喝惯了这眼水井里的水,你会觉得再好的矿泉水也是不如它的。那是一种大地深处的味道——冬天打上来的井水是暖的,夏天打上来的井水是凉的,有一点泥土的味道,又有一点点深邃的味道,更重要的,你会觉得,它是活的。因此,每当过年,当我用红纸写上"青龙永驻"的春条贴到井房里,点着三炷香,跪下磕上三个头时,似乎会感觉到,真有一条无形的龙从我手里接过那张春条、那份祝福,还有那袅袅的香烟。

除了保护好那眼水井,我还让哥恢复了童年时的灶台。没有了灶台,炊烟带给我们的诗意就无从寻找了。我给哥说,现在村里大概只有你会盘老灶台了,年轻人都不会了。哥懂我的意思,就张罗着盘灶台。在城里,每每打开煤气灶的开关,我的眼前就会浮现出童年的情景。冬天,母亲做饭,我坐在灶前的小木凳上帮母亲烧火,左手向灶膛添干牛粪,右手拉风箱,随着风箱的出入,灶膛里的火苗在锅底跳舞。我问娘,什么是"好事"?什么是"吉祥"?娘说,"好事"就是孝顺父母啊,尊敬兄长啊,节约粮食啊,多为他人着想啊,多帮人啊……一堂影响我一生的人生大课,就在灶前上完了。

不多时,饭菜的香气就弥漫开来,在我的鼻孔里挠痒痒,土豆的香、馒头的香、红薯片的香、甜菜根的香……母亲把锅盖揭开,大铁锅散发的雾气一下子把我们笼罩了。

日子就在这个灶台前移动着,从立春到立夏,到立秋,再到立冬,母亲变戏法似的,在大铁锅里给我们炒春龙节的豆子,蒸端午的花馍馍,做中秋的月饼,煮冬至的饺子。

我还让哥恢复童年的石磨。没有了石磨,把粮食变成面粉的诗意就没有了。好不容易盼到新麦子下来,看着娘把袋子里金黄的麦子倒在磨盘上,你的心都在颤抖。我和娘一人抱一根推磨棍,身子前倾,绕着磨台转圈儿。一磨盘的新麦子,通过磨眼,流到两扇石磨之间,在我和母亲的推动下,从磨缝里流出面粉来,带着太阳和泥土的味道,带着春风夏雨的味道,也带着父母汗水的味道。我一边在院子里转圈儿,一边想象着新麦面烙的饼子,口水就把磨棍打湿了。推磨不像烧火,是件耐力活儿,母亲为了不让我寂寞,就给我讲故事。她说,这麦子,是天上的神仙下凡来养活人的。我说,那我们吃它,就是吃神仙?母亲说,是啊,因此我们不能浪费粮食。我说,那我们现在是把神仙放在磨口里?母亲说,是啊,它忍着疼痛,养活我们,我们费点力,算什么?新麦子下来,母亲会把第一锅饼子放在竹篮里,提着竹篮带上我们去姥爷家,让姥爷和姥姥尝新,然后才让我们吃。姥姥则掰上一块,向四方扔去,说是感谢土地爷,然后放一块到嘴里,说,真香啊;接着,把手里的一分为二,一块给母亲,一块给我。

我还让哥恢复当年上房的炭炉子。在我的记忆中,先是红泥小火炉,再是生铁炉,后来换成烤箱;燃料先是用木炭,后来用石炭。父母先是用砂罐熬茶,后来换成铁罐,但母亲生火时烟熏火燎的情景一直没有变。农闲时,乡亲们凑了来,围着炉子,喝上几盅。晚上,大家围炉而坐,抽着旱烟,喝着茶,说着闲话,我就在他们的家长里短中进入梦乡。那时,只觉得眼前的炉子不再是炉子,而是一个魔法,能让人们围在一起,亲热。多么让人怀念啊!

炭炉子上有一节一节的烟筒接出屋外。我喜欢站在院子里,看着从烟筒里伸胳膊展腿跑出来的烟在风中飘舞。特别是下雪的时候,那烟,就像一条围巾,搭在院子上。再后来,我喜欢在冬天的早上,独自上到山头,看着一家家的炊烟和炉烟,把整个村子渲染得如梦如幻。常常,我的眼角会挂下泪水。天很冷,但我不愿意回家,看不够啊。

我还让哥保留好上房的土炕,以及炕上我们盖过的花被子,还有窗花样、门神样、年画样。等我退休了,大年三十,再剪剪,再贴贴。还有那个四方木灯笼,我是多么想再看看雪打花灯。

我给哥说,让他做这些,是为了"记住乡愁",他有些不理解,但当我说"有了这石磨,就可以让孩子们亲手推一推,知道麦子是怎么变成面粉的;有了这灶台,就可以让孩子们亲手烧烧火,知道生米是如何变成熟饭的;有了这水井,就可以让孩子们亲手打桶水,感受一下从大地深处打出水来的美好。如此,培养孩子们的感恩心"时,他立马就明白了。

将台堡，我的故乡

葫芦是最为古老的中华民族吉祥意象，它不但象征着收集精华、聚藏宝气、守护真要，还是剑胆诗心、仗义行侠、除暴安良的指示符号。马莲又名马兰，是耐盐碱、耐贫瘠、抗旱、抗涝、抗寒的地被植物，其根入土能有一米多深，具有极强的抗逆性和适应性。我的家乡将台堡，就位于葫芦河和马莲川河的交汇处。

孩童的我，在那个大堡子下看戏、看电影、玩耍；少年的我，在那个大堡子下上学、赶集、走亲戚；青年的我，在那个大堡子下教书、育人、结婚、生子。中华人民共和国成立初期，我的父亲曾经在那个堡子里上过几年班，他无数次夸张的讲述，让我对那个大堡子产生过无限的传奇性联想。

上初中时，有一年我曾在堡子后面的"城背后"姑姑家寄宿。当时没有注意"城背后"这个词的深层内涵，及至成人，越来越觉得这个已经不知道从什么时候起的地名背后，一定有着极为繁盛的历史。后来看史料才知道，这繁盛，原来和这里两千年来持续发达的马政有关。众所周知,马政在冷兵器时代的重要性,就像今天的航母和导弹一样。

据考证,历史上的将台堡一带水草丰茂、河流纵横,早在西周时期,牧马业就非常发达了。秦朝之所以能够一统天下,和这里为其源源不断地输送精良战马不无关系。因为看重当地人的彪悍、马的精壮,汉武帝干脆把这里作为组建骑兵的基地。汉军之所以能够击败匈奴,骑兵发挥的作用巨大。马政在唐朝达到了极盛。

贞观初年,唐太宗出台完善的马政管理制度,监牧制就是其中之一。将台堡一带正是重要的监牧地区。贞观二十年(六四六年),唐太宗到灵武会盟,专门到西瓦亭视察马政,当时的西瓦亭就是今之将台堡。安史之乱期间,这里也为北上灵州的太子李亨的护卫队补充了大量战马。

到了宋代,西夏崛起,这里成为重要的边塞防御要地,牧场变成战场。宋夏三次大战,有两次都在这一带进行。明代汲取宋弱教训,重整骑兵,将台堡一带成为全国马政的重心。直到清朝中叶,牧马基地西迁河西,这里的马政辉煌期才结束。

可见,中原的实力史,就是将台堡一带的供给史。每每想到这里,我的耳际都会响起惊天动地的战马嘶鸣,其生,其死,都为捍卫龙的图腾,这也许就是古人讲的"龙马精神"的寓意所在。再看"马作的卢飞快,弓如霹雳弦惊","葡萄美酒夜光杯,欲饮琵琶马上催"这些诗句,心里就别有一种滋味。

说来也巧,生肖为马的我,降生在这片土地上,先是醉心于书写《农历》,后来又固执地传播传统文化,现在又把同样展现龙马精神的《记住乡愁》剧组拉到这里来,也是另一种意义上的不忘初心吧。

如此,再看葫芦河和马莲川这两个地名,就有了天造地设的寓言性、精神性。这种自强不息精神,到了二十世纪,终于演进为震惊中外的壮丽史诗:一九三六年,红军长征在将台堡胜利会师。

现在的纪念碑前,当年是一个可容纳数千人的大地坪,既是戏园,又是电影场,还是篮球场。靠北的戏台右侧,是公社文化站,放映队也在其中,不少让我们热血沸腾的战争题材电影,就是在那个地坪上看的。当时上高中的兄长,是文艺队的成员,常常在那个戏台上排练文艺节目。我的任务是从家里给他运送"粮草"。谁会想到,在电影上看到的情景,在节目里欣赏的情景,居然就发生在播放电影的地方、演出节目的地方。

"诚既勇兮又以武,终刚强兮不可凌。"中华民族百折不挠、自强不息的精神传统,就这样从历史的长河中一路绵延而来,成为支撑一个民族不断发展壮大的脊梁,最后在生死存亡的关键时刻演进为伟大的长征精神,演进为彪炳史册的革命英雄主义、乐观主义。

在将台中学任教的三年,是我生命中的一段黄金岁月。那时的我,一腔豪情壮志,白天教书,晚上习武,屈子的名句常常伴着晚风响在耳畔。斗转星移,岁月更替,我早已华发满鬓,可也壮志未酬,当年的万丈豪情,常常化为梦境,正可谓"铁马冰河入梦来"。

好在二〇一三年,因为拙著长篇小说《农历》的缘故,我被中央广播电视台中文国际频道著名制片人王海涛先生知遇,得以效力于《记住乡愁》节目,在国家层面为民族文化的复兴略尽绵薄之力。自此,当年铁马冰河的梦境不再出现。

二〇一七年九月的一天,和央视导演再次走进将台中学,其变化让人有梦幻之感。当年读书的土木教室、备课的砖木宿舍,被拔地而起的现代化楼房代替,整个校园被红色符号簇拥着,和旁边的纪念碑相呼应,让人不由得想到怀念、诗性、理想、信念这些词语。

设想着如果现在给学生讲长征,我就会说,长征精神正是中华民族自强不息精神的红色表达,是中华民族浴火重生精神的红色表达。现在,中华民族又到了更高层面"会师"的时候,建设"一带一路",打造人类命运共同体,正是长征会师精神的历史性升华。

喜欢土豆

老家把马铃薯称洋芋,可见它是舶来品。现在,老乡们都叫它土豆了。

我喜欢"土豆"这个名字。

记忆中,与它有关的许多场景非常美好。

一是春天,生产队的大麦场里,一队的女人在切土豆种子,把每个土豆上的芽切成锥形。切完了芽的土豆,就像一个个被剔了肉的骨架,被分到各家。晚上,娘把土豆蒸了,有一种特别的味道。一个土豆,带芽的部分再次进入土地,传宗接代,繁衍生息,母体则填充我们早已饿瘪了的肚皮。

我们跟着大人,把一块块土豆芽种下去,不时到地里看,盼望着它们能够一夜间长出来。当一星绿色破土而出,日子就有了希望。

终有一天,我们在藤蔓下的地皮上看到了细细的缝儿,说明土豆长大了,沿着那缝儿,往往会摸到一个鸡蛋那么大的土豆。但父母严令不许动手,我们就摸几个,在沟底挖了锅灶烧了吃。常常等不到熟,半生不熟就吃,那滋味美得无法形容。有时会因此挨一顿打,但也值得。

最盼望下大雨,洪水把土豆冲到地外,这样捡回家,不犯纪律。想想吧,房檐水在滴答滴答地响着,炉子里的土豆被烧得吱吱叫着,整个屋子里,弥漫着雨水的气息和土豆的香味。

印象很深的场景还有上小学时帮生产队收土豆。工间休息时,几位大娘挑了刚出锅的土豆放在山顶上,让我们就着腌咸菜吃。几担土豆,被班长分到每个同学手上,都是散得破成八瓣的,那么香、那么沙、那么爽。

上中学时,住校,每个同学都会背一挎包煮土豆,吃一周。吃饭时打开挎包,取出土豆填充肚皮。那时会觉得,它们不是土豆,而是我们的命。是啊,土豆就是西海固人的命。

上了师范,起初的一年,八个同学一组,打一盆土豆,清一色的土豆。第二年,有了小灶,可以自己买到小炒等上等饭菜,但土豆丝还是我的保留菜品。

有一年,我到美国爱荷华大学访问,馋土豆,要了一份,没承想比肉还贵。

在西海固,家家都有一眼土豆窖,有的在院里,有的在院外。我家的,先是在院里,后来挪到后院。每次,都是母亲把我吊下去,拾一篮子土豆,再把我吊上来。每次下到窖里,都有一种特别亲切的感觉,像是好多亲人在那里候着我。窖的一边,埋着萝卜,像是土豆的亲戚。

包产到户后,再也不挨饿了。但每日三餐,都离不开土豆。饭里没有土豆,就像没有筋骨。

每次回老家,快到家时,我就给嫂子打电话让她做土豆面,往往会吃撑;走时,还要带上几箱子土豆,自己吃,送朋友。

村上不少人家已经搬走了,我家的几个侄子也都在外地工作,哥和嫂子完全可以弃掉老院子到城里生活,但我还是劝他们留守,原因有许多,重要的一条,就是柴火做的土豆面要比煤气灶做的香得多。

河的子孙，子孙的河

一

一九九三年，我从西吉教育局调到固原地区文联主办的《六盘山》杂志社工作。先后任编辑、编辑部副主任、主任、副主编。编发的稿件题材，内容大多是写缺水造成的苦难。记得有篇散文写道，旱年，当送水车开进村里时，一村的牛都挣脱缰绳，冲开圈门，把送水车团团围住，最后，把车撞翻，抢水喝。送水车开出村子外，群牛跟随好几里地。男女青年谈婚论嫁不看别的，只看谁家水窖多。当时不少人因为打水窖，命丧黄泉。个别村庄，真是水贵如油。因此，"西海固文学"被定义为"苦难文学"，这苦难，一定意义上，都是因为缺水。二〇一一年，中国作协把第一个"文学之乡"授予西吉县，理由是"文学是这块土地上最茁壮的庄稼"。为什么"文学是这块土地上最茁壮的庄稼"？一方面，是这片土地上的父老乡亲们热爱文学；另一方面，是因为这片土地太贫瘠了，而贫瘠的原因就是缺水。人们对美好生活的渴望,一定意义上,就是对水的渴望。

我一直有个愿望,想到稿件中描写的村庄去看看。今年夏天,在西吉县委、政府的支持下,我和"寻找安详小课堂"的一帮志愿者在西吉县将台堡镇红军寨举办全公益"文学之乡夏令营",面向全国招生。结营后,和班委们到乡下采风,结果让我们大吃一惊。虽然在电视上看过,但当在老乡家里实实在在地体验之后,我有一种恍惚之感,有点不太相信这就是西海固,就是当年稿件中描写的村庄。不少乡亲的院落、住房、家具,好得让我这个城里人都自叹不如。彩电、电冰箱、洗衣机、小车,应有尽有。家家自来水,户户有澡堂,就连牛槽也通上了自来水。

这时,再体味"中华民族的母亲河"这句话,就有了深刻的真切感。当年,黄河主流造就了名闻天下的"塞上江南";眼下,黄河支流又造就了新时代的"西海固江南"。

当年,一到春天,这里就"全村端"地外出打工;现在,还乡成为一种新风尚。比如,在杭州创业的企业家谢宏义,就回到故乡,把一个名不见经传的小村庄打造成闻名全国的"红军寨"。

二

二〇〇一年,我调到银川市文联主办的《黄河文学》杂志社工作,先后任编辑、副主编、主编。接收到的稿件,和在《六盘山》杂志社工作时风格迥异。写黄河故事的多,"塞上江南"的多,"鱼米之乡"的多。贺兰山、渡口、羊皮筏子是最常见的地理意象。治沙和治河是许多小说的主线。我们在电视剧《山海情》中看到的沙尘暴,常常在文中出现。为此,我和同事韩银梅联手采访治沙英雄王有德,先后写成剧本、长篇报告文学。

"每年秋天刮风,一直刮到第二年的春天。三天一场风,七天一场沙。地上不长草,天上无飞鸟。窑洞里,沙子堆得和窗台一样平。"这是王有德讲述的他的童年。一九八五年,王有德任宁夏灵武市白芨滩防沙林场副场长,发明了扎草方格治沙的办法。到二〇〇〇年,治沙造林六十三万亩,在沙地和黄河之间营造出一条长四十八公里、宽三十八公里的绿色屏障,控制流沙近百万亩,阻挡住了沙地向西侵蚀的脚步,实现了让沙漠后退二十公里的壮举。

这次采访,让我对"黄河,中华民族的母亲河"有了更为深刻的感受。因为她是母亲,才有王有德这样的"孝子"保护她。

二〇二〇年五月,我辞去银川市文联主席职务,代晓宁女士接任,我受她和《黄河文学》主编闻玉霞女士的委托,主持《对话黄河》栏目。多年来,我约了一批文学名家,对保护黄河的人类学意义、生命学意义、伦理学意义、生态学意义做了探讨,让我更加深入地认识到"黄河,中华民族的母亲河"的文化意义,也对习近平总书记讲的"黄河文化是中华文明的重要组成部分,是中华民族的根和魂"有了更加深入的体会。

随着对话的深入,我越来越觉得,整个中华民族发展史就像是一条河,整个人类发展史也必定是一条河。这条河,最终要归向大海,那就是大同理想,就是"人类命运共同体"。

安详宁夏

我一直以为,"宁夏"之"夏"出自"夏商周",宁夏之"宁"出自《尚书》"康宁"。《说文》释"夏"为"中国人也",释"宁"为"安"。"宁""夏"联袂,应是"中国人安"。人安先要心安。也许是天地相感,正是这块土地,孕育出《寻找安详》一书。正是它,不少人来宁夏寻找安详。因此,宁夏打出"来宁夏,给心灵放个假"作为旅游攻略。但窃以为还不如"塞上江南,寻找安详"主题鲜明,且有吸引力。著名评论家晓华女士来宁,送行时,她说,从六盘山到贺兰山,一路走下来,能够最贴切地表达观感的,还真没有比"安详"更贴切的词儿,无论是天空、大地,还是百姓的表情,都是两个字:安详。

近年,我协助纪录片《记住乡愁》剧组为宁夏拍了三集节目,分别是《单家集》《南长滩》《将台堡》。这三集节目,主题为"尊让美德""规矩美德""还乡美德",正好可以表达宁夏的大安详。《单家集》的回汉一家亲主题,让审片领导感动得流泪;《南长滩》的规矩意识天下少见;将台堡作为中国工农红军长征会师地,将"走好新的长征路"通过"农历精神"演绎为新时代盎然的诗意,两名还乡青年"如何让百姓在不离乡不离土的前提下过上好生活"的成功探索,为"美丽乡村"建设提供了蓝图,不但"农历",而且"时代"。

"不能保持的快乐不是真快乐,不能保持的幸福不是真幸福,不能保持的财富不是真财富。"这是拙著《醒来》中的一段话。在我看来,宁夏人既注重社会发展的速度感,更注重"农历""安详""乡愁"的保持感;既注重物质的获得感,更注重心灵的安宁感。以文学视角来看,无论是"农历",还是"乡愁",抑或是"安详",都是"初心"的祝福性表达。

相对于骚乱来说,安宁就是福利;相对于浮躁来说,安详就是风景。

几年前,著名学者陈思和先生提议在复旦大学给拙著召开研讨会,他在主旨发言中讲:"从经济上着眼,沿海城市的确发展非常快,像上海包括长三角地区,近二十年来都像进入魔幻世界,不断地发展,不断地变化。我一直都有这种感觉,中国的西北地区,经济上可能不是发展得那么快,但是西北地区的文学发展却非常好,不仅非常单纯,而且很有力度。作家、艺术家们创造了一种没有杂念的虚构的精神世界,显示出很清澄、很大气的文学状态。那样一种文学状态,也是精神状态,慢慢地就会呈现出来文化的力量。"

这种文化力量,也许正是宁夏的魅力所在。

二〇一一年,中国作协把第一个"文学之乡"授予宁夏西吉县。二〇一六年,中国作协主席铁凝到西吉,做题目为《文学照亮生活》的讲演并考察,在随后召开的座谈会上,她深情地讲,"文学是这里最好的庄稼,这里是中国文学最重要的粮仓"。二〇一八年,"中国文学的宁夏现象"研讨会在北京召开,宁夏回族自治区党委常委、宣传部部长赵永清在致辞中用"小省区、大文学,小短篇、大成绩,小草根、大能量,小作品、大情怀"来总结宁夏文学,从中,让人重新体味"宁"、体味"夏"。

用怀念为先生守灵

二〇一四年九月二十七日,这是一个无比疼痛的日子:张贤亮先生谢世了。

妻子听了消息,让我赶快给冯剑华老师打个电话,我几次拿起电话,却不知道说什么,最终只能发短信表示安慰。

然后我呆呆地坐在书桌前,心想,今晚,应该陪着先生度过才是。

于是打开电脑,用怀念为先生守灵。

第一次见到先生,是一九九〇年,那时我在宁夏教育学院进修,他来给我们讲课。备感幸运的是,稍后,在校园的马路上单独碰到先生,我鼓足勇气请他签名,不想他十分和蔼地接过笔记本,写下大名之后,在我的肩膀上拍了一下,说,好好学习。对于一名文学青年来讲,当时的激动可想而知。之后,再读先生的作品,就多了一份亲切。

真是要感谢命运,二〇〇一年,我同时拿到了宁夏、银川两级组织人事部门开出的调令。出于十分现实的生活考虑,我最后选择到银川市文联《黄河文学》编辑部工作。此后的日子里，总觉得亏欠着一位老师的情意，她就是考察推荐我的、时任《朔方》常务副主编的冯剑华老师。此后的日子里，每次见到先生，我都会说起这份歉意，他总是安慰我说，都是一家人，你在银川市做出成绩，同样是宁夏文联的光荣。

二〇〇七年，我的短篇小说《吉祥如意》忝列第四届鲁迅文学奖。出版社要出我的小说集单行本，我和哈若蕙老师商量，还是出一套先生、石舒清和我三人的丛书更好，便相约去征求先生的意见，不想他欣然同意，而且还让我给他写序。起初，我以为先生只是开玩笑地说说而已，不想进入实质性操作阶段，才知他是认真的。让一位晚辈给蜚声文坛的大家写序，当然不敢从命，但再三婉谢，他还是坚持让我写，再谢，就是傲慢了。我就十分惶恐地从命，写下了《再造之德》一文，发过去让先生审阅，不想他未改一字，说很满意。我知道，这是一位文学前辈对晚学的鞭策和鼓励。

二〇〇六年，我强烈地感受到世道人心滑坡，社会急需传统文化，就自不量力地开始学讲孔子，推广传统文化；之后又提出"安详生活"的理念，首先在全国高校宣讲，受到欢迎。出乎我意料的是，随着影响的扩大，支持和反对的声音同时到来。有那么一段时间，反对的声音更加强烈，我感觉压力很大，如果不是市里主要领导的鼓励与支持，我都想打退堂鼓了。

就在这时,我接到了先生的邀请,让我到影城给全体员工讲一堂课。那是一个让人难忘的下午,先生在百花堂等着我,同样给予了我一番鼓励,之后,居然又让助理给他点了崭新的两千元钱,亲手给我,说这不是讲课费,是他对我弘扬传统文化的奖励。我说,我怎么能拿先生的钱呢?他说,如果你不拿,就是生分了。再说,你不能拒绝我对你的奖励啊。我就只好接受。他说,本来他也要听课的,但是怕自己坐在台下我放不开讲,他就等着看光盘吧。不久,我果然收到印有影城漂亮封面的光盘,心里有种说不出的感动。我非常清楚,他一定知道了我当时面对的压力,就用这种方式表示对一名弘扬传统文化的晚辈的支持和呵护。我也确实从中得到了很大的心理支持,更加坚定了弘扬传统文化的信念。

二〇〇八年六月二十九日,我有幸被选为奥运火炬手,跑宁夏第八棒。先生跑完第一棒,协助"央视奥运"解说火炬传递,这当然是宁夏的骄傲。回到家,我还沉浸在一种节日的兴奋之中,手机响了,一看,是先生来的信息,出乎我意料的是,祝贺之后是道歉,说他漏掉了一个我的重要荣誉。这同样让我感动,从中可以看到他的严谨,看到他生怕伤害一名文学后生的热肠,看到他对一名文学晚辈的负责之心。

二〇一〇年,我安排《黄河文学》副主编郭红通读了先生的全部作品,给《黄河文学》采写了一篇深度访谈。采访中,当

话题进入传统文化,郭红顺便提到我近年推广的"安详生活"理念,不想先生说:

"我跟他一起去大学讲课,他讲得很好,能契合大学生的需要。他有这种状态,把它发挥出来,感染别人,很好。他活得很快乐,能把快乐给别人。我们社会恰恰缺少这样的人。"

当我从郭红的整理稿中看到这段文字,内心真是无比感动。

二〇一一年八月,我的长篇小说《农历》获第八届茅盾文学奖提名,先生也和省、市关心我的领导、老师、朋友一样,发来短信表示祝贺。从中,我能感受到他的开心。

此后的日子里,我无数次地想到,在这个充满着偶然性的世界里,有多少生命的幼苗,有力量的人扶一把,它们就会长成参天大树;踩一脚,它们就会从大地上消失。这让人尤其感念那些心存慈悲力量的拥有者,每每想起他们,都让人心生温暖。他们是天地的良心,是我们生命中永远的感动和怀念,他们激励着我们向他们学习,用同样的胸怀力所能及地扶持弱小者。宁夏文学之所以走在全国文学的前面,正是领导和前辈们这样栽培和激励的结果;宁夏作家群之所以特别纯粹、特别团结、心善人好,正是被这种温暖滋养的结果。

对照之下,我常生惭愧之心,觉得自己对服务范围内的文艺青年照顾不周、爱护不够,今后要好好弥补。为此,在今年召开的银川市第七次文代会期间,在银川市委、政府一贯支持文联工作的基础上,我们再次报请银川市委、政府表彰本届以来的突出贡献专家,同时以每人万元的奖金奖励了奋斗在基层的十二名草根文艺家。在银川市委、政府的关怀下,银川市财政除了加大对《黄河文学》的支持力度,还以五倍的力度加大了对协会工作的支持,这算是一个美好的开始。从中,我确实体会到了一种雪中送炭的幸福。

我同时想到,在自己任银川市文联主席的十年里,没少打扰过先生,市上的一些重要活动,需要请他出席、帮忙的,但凡我出面邀请,他基本都答应了。可是,年前节下,市里领导让我联系慰问他,他基本都婉谢了,包括在得知他生病之后。他说,领导的心意他领了,也让我转告他的祝福和问候。

诚然,谁都无法永远活在大地上,但是他可以永远活在人们心里。因为上苍在创造人的同时就创造了怀念,它不但让感恩成为可能,还让一种温暖成为永恒,让一种在一定意义上比生命本身更重要的美丽价值成为永恒。

二〇一三年,《江南》杂志编辑让我联系先生,想做一个大访谈,先生婉谢。但编辑说这是社领导的特别要求,恳望能帮助成全。我就把先生的联系方式给编辑,不想编辑来电说,联系的结果是,先生说除非对话人是郭文斌。

说实话,听到这句话,我的心里除了感动,还有疼痛。我仿佛能够看到先生在说这句话时的心态。我何尝不知道先生的用意，我也特别想和先生深谈一次，不谈别的，只谈我们共同感兴趣的那一部分。但是我过高地估计了他的生命力，觉得来日方长，因为每次见他，他都给我说，他的心态还是少年，他的身体很好，他正在写自传，那将是他最满意的作品。加上那段时间我的心境在低谷，我怕会牵出不该牵出的话题，心想等段时间再说。不想不久就惊闻先生病的消息，忙给他发去短信，说想去看看他。他回信息说，过段时间再约。我只好让朋友带过去一些关东山参聊表心意，他也很快回信息表示感谢。不想之后，命运再也没有给我们见面的机会。

此前，我不时给他发一些问候短信，他也会很快回过来，还乐观地说："药物反应很严重，这是好现象，表示药物在起作用。"

为了给予他一些小小的心理支持，我不时选一些古人讲的超越性句子给他，比如"相由心生，境由心造"一类，以便让他调动心能，战胜病魔，不想他回信息说："无心何来相，无心何来境，无生无灭，四大皆空，方能欢喜！"

看着这样的回复，我一下子觉得无比放松，甚至有一种生命的幽默感，反倒觉得是先生在安慰我了。

后来的一天，我在一位前来慰问我的自治区领导那里得知，先生有许多超出我们想象的崇高决定，突然明白，真正的欢喜是在纯粹里,也突然明白,对于一个清醒的灵魂来讲,所有的事业都是工具,完成人格、实现生命的超越才是终极目的。

二〇一四年二月二十八日早晨,同平时一样,伴着日出,我又给先生发去一个短信:"祝福先生,吉祥如意!"

他回:"谢谢!同享吉祥!"

此后,再发短信,他就不回了。但我仍然不时给他发一个,伴着日出,我相信,生命中一定有一部永恒的手机,会收到我的祝福!

此刻,窗外再次透进如信的晨曦,该给先生说些什么呢?

找不到合适的语言,正如先生在答《黄河文学》的访谈中所说:"言语道断,心行处灭。"

但我还是想说,祝福先生,去抵达那个永恒意义上的吉祥如意!

雷抒雁老师和他的第二故乡

稍稍懂得一些祝福大义后,我愿意在亲人或者亲戚朋友的亲人归去后的一段时间内,每天为他们读一些祝福性的文字,觉得以这种方式送他们一程,很是安慰。有时甚至觉得,夜深人静的时候,随着文字走进祝福,要比到现场送行更"真实"。但自二〇一二年以来,我明显感到,人们归去的脚步匆忙了起来,以致一位的还没有读完,另一位的消息就来了。这不,雷抒雁老师的消息又到了。二〇一三年二月十四日丑时,他归去了。

坐在电脑前,首先冒出脑海的是十年前,雷抒雁老师手术后,我去北京看他,他在病房给我讲的两个细节:

一是大夫让他的家属在手术单上签字。他说,给他动手术,让家属签什么,他自己签。他就在手术单上签了字。大夫十分诧异地说,从来没有谁自己给自己签字,你是一个特例。二是手术时,他感觉他的灵魂在天花板上,看着大夫在紧张地修理着他的身体,直到结束。

说实话,那次之所以赶去看望老师,是认知里他不久就要归去了,正如我急着去看望杨志广老师一样,他果然不久就归去了。

不想抒雁老师却从阎王的腋下溜了出来,在这个世界上又旅行了十年。

我曾在一篇文章里写道,当年,是我的老领导高耀山老先生硬把我赶到鲁迅文学院去的,那是鲁院第二届高研班,大概也是鲁院历史上唯一一次主编班。当时,听说宁夏还有一位前辈想去学习,但一个省区只有一个名额,我就主动放弃了报名。高老先生知道后,训斥了我一通,然后给时任常务副院长的抒雁老师打电话,为宁夏又争取了一个名额。不想正好碰上"非典"。按照去留自愿的原则,我们班上有十一名同学选择了留守,我是其中一员。那期间,每次接到老师们的问候电话,我就觉得非常不好意思,可以想象,老师们是在如何地为我们操心。那真是一段让人刻骨铭心的经历。复学后,抒雁老师会不时把我叫到他办公室,聊聊老家的事情,从中,能够感受到他是怎样地惦念着那片土地。

大概是自己没有正儿八经上过大学的原因,潜意识里,就特别在乎鲁院的这次师生、同学情谊。随着岁月的流逝,我越来越思念那个校园、那些老师、那些同学,觉得其中有着无法言说的缘分,让人一次次心生感恩;也越加感念我的老领导,也是雷抒雁老师的好友——高耀山老先生。

因为这种师生关系,加之宁夏是雷抒雁老师的第二故乡,我曾两次请他到银川参加我们的大型诗歌活动,一次是第二届中国银川音乐诗歌节,一次是宁夏首届黄河金岸诗歌节。当然,他的到来每次都会给宁夏大地带来难得的诗意。宁夏人民,从领导到学生、农民,都把真诚的欢迎给了雷抒雁老师。活动期间,银川市的主要领导都专门安排时间接见了雷抒雁老师,和雷抒雁老师进行了深谈。

二〇一一年,作为宁夏首届黄河金岸诗歌节承办人之一,我提议为雷抒雁老师安排一个诗歌朗诵专场,得到了诗歌节的肯定和支持。为此,我让银川诗歌学会的会长联系宁夏大学、北方民族大学、中国矿业大学银川学院等高校,得到了几校领导,特别是宁夏大学宣传部李斌部长、北方民族大学人文学院左宏阁院长的热情呼应。为了让大学生们感受诗歌、感受时代,我们没有走专家朗诵路线,而是选择了草根性推广式模式,让愿意参与的大学生和群众都参与了进来。有一段时间,校园里掀起了"人民诗人"热潮。

朗诵会在宁夏大学音乐学院非常专业的音乐大厅进行。银川诗歌学会、宁夏大学党委宣传部、北方民族大学人文学院等承办单位组织得非常用心,气氛格外热烈。为了抢座位,不少学生提前一小时到场,连走廊里都挤满了人。从朗诵者的状态中,我感受到了"人民诗歌"的魅力和力量;从雷抒雁老师那晚的神情上,我感受到了他的满足。有几个细节:一是雷抒雁老师几乎答应了每一名同学的合影要求,直到会场灯灭,不得不结束。二是离开会场时,雷抒雁老师摸黑走到后座,捡了几份没有被带走的节目单,十分爱惜地装在包里。第二天,宁夏的所有媒体都报道了朗诵会。

我从高耀山老先生手里接过《黄河文学》后,雷抒雁老师多次支持大作给本刊,有不少被转载。近几年来,他给我谈得最多的是对《诗经》的理解,看那架势,是要下决心把《诗经》普及到全球去。虽然在对《诗经》的理解上,我们有些不同之处,但我非常敬仰雷抒雁老师的精神。也许正是因为这一点,阎王才有意打了一个盹,让他从腋下溜走,让他在这片古老的诗国又驻留了十年。

我一直在想,雷抒雁老师为何要选择这个日子,二〇一三年二月十四日,大年初五,立春之后,雨水之前动身?现在似乎有些明白了。

再次想起十年前,他是如何自主签字手术单,如何让灵魂在天花板上从容地看着大夫修理他的身体。

现在,老师又在哪里,又在做什么呢?

恍惚间,我仿佛听到,有人在春风中吟咏:

葛之覃兮,施于中谷,维叶萋萋。
黄鸟于飞,集于灌木,其鸣喈喈。

葛之覃兮,施于中谷,维叶莫莫。
是刈是濩,为絺为绤,服之无斁。

言告师氏,言告言归。
薄污我私,薄浣我衣。
害浣害否,归宁父母。

无疑,这是老师,这是归途中的老师!
愿老师走好!

第四辑

「家之兴替,在于礼义,不在于富贵贫贱」。知礼仪、重家风是中华民族的优秀传统。好的家风如同无声的教诲,助人立德立言、成人成才,让后人铭刻在心、代代受益。优良的家风传承是中华文明薪火相传、灿烂不息的重要原因。

有根之人皆得欢喜

这是二〇一五年的最后一天,在央视百集大型纪录片《记住乡愁》第二季的制作现场,我接到了《新消息报》编辑倪会智的电话,说是领导让她约我给新年专版写些文字。不知为何,竟觉得有一股浓烈的乡愁从电话那头传来。嗬,要过年了。正是她的这通电话,把我带回被自己忽略了的时光隧道里,让我陡然意识到,最大的乡愁,也许正是这过于匆忙的时光脚步。

眨眼之间,年初已经到了岁末。

突然对《周易》里的两句话有了新的感受,"天行健,君子以自强不息","地势坤,君子以厚德载物"。正因为"天行健",正因为"地势坤",君子才要厚德载物,才要自强不息。只有这样,才能给荏苒光阴以意义。

如此,再看案头的一集集"乡愁"台本,就觉得它们不再是一行行文字,而是一串串脚印,是中华民族万姓先祖留下的时光宝珠,也是一个再好不过的象征。二〇一四年元旦开始在央视中文国际频道面向全世界播出的六十集节目,主旨以厚德载物为主;二〇一五年元月二日将要在同一频道黄金时间播出的第二季六十集节目,内容则以自强不息为主。

　　这一主题递进,正好可以概括这两个不同凡响的年份。试想,如果有那么一个人,站在时光之塔的顶端打量这个地球,一定会发现,有一个叫中华的民族,正在因为厚德而复兴,有一个叫中国的国家,正在因为自强而强大。最后,这位打量者一定会发出这样的感叹:"这是一片有乡愁的土地,这是一个有乡愁的民族。"它的强大,意味着这个美丽的星球将要迎来安详和幸福,将要奏响人类和谐共生的主旋律。

　　没有厚德,难以载物;没有自强,难以不息。《记住乡愁》第二季的六十集故事,无疑是中华民族自强精神的缩影,可谓感天动地。就在这种大感动里,回过神来看《新消息报》的编辑从宁夏大地上采集到的二十则新年感言,不知为何,我竟觉得它们是另一个版本的"乡愁"。在这些无比朴素又无比美好的语言里,同样"看得见山,望得见水",同样能够让人"记住乡愁"。一个个故事,是那么本分;一村村心愿,是那么美好。显然,他们的心里有故乡、有根本,一个有根本、有故乡的人,自然会让日子天高地厚、山清水秀,自然会让生活枝繁叶茂、果实累累。透过这些语言,我们能够感受到宁夏这片充满着乡愁的热土给老百姓带来的祥和、安宁、踏实、幸福,包括无限美好的可能性。

就像我自己,在这一年,就从未有过地感受到,一种来自天地、国家、社会的厚爱,来自亲人、领导、同事、同道的体贴,让我的内心时刻充满着感恩。

一个人,人到中年,还有双亲相伴,还能呼爹叫娘,还能吃到老娘亲手擀的面条,喝到老娘亲手熬的热粥,这是一种怎样的满足和幸福;一个人,年届天命,还能够被一个可爱的小天使重新唤醒柔肠,教会爱和牵挂,这是一种怎样的满足和幸福;一个人,能够让作为农民的兄嫂双双走进传统文化课堂,和他们的儿子一起诵读经典学习礼仪,这是一种怎样的满足和幸福;一个人,能够通过他的文字和演讲,让人们放下抱怨和仇恨,结束焦虑和抑郁的生活,这是一种怎样的满足和幸福;一个人,能够被邀请参加黄帝清明国祭,沐浴华夏先祖的德风,这是一种怎样的满足和幸福;一个人,能够获得自治区最高人才荣誉,并代表获奖者发言,这是一种怎样的满足和幸福;一个人,能够和他的同事一道,通过一个文学赛事,让全国的目光注目生他养他的这片热土,这是一种怎样的满足和幸福;一个人,能够精选他的作品,被国家名社精装出版发行,这是一种怎样的满足和幸福;一个人,能够和他喜欢的人在一起从事他喜欢的事业,这是一种怎样的满足和幸福……

《老子》讲:"天地所以能长且久者,以其不自生,故能长生。"可见,真正的厚德和自强是"利他精神"。愿我们在新的一年里,通过践行这种精神,体会新的乡愁,实现新的梦想!

《平"语"近人》何以近人

《史记》有云："平易近民,民必归之。"由中共中央宣传部、中央广播电视总台联合制作的《百家讲坛》特别节目《平"语"近人——习近平总书记用典》于二〇一八年十月八日至十九日在中央广播电视总台央视综合频道晚间黄金时段二十点隆重播出后,受到了社会热烈欢迎。和大型纪录片《记住乡愁》一样,该节目成为中华优秀传统文化创造性转化的新亮点,引发了收视新热潮。

跟踪收看已经播出的部分节目,可以用几个"近人"概括观感。

"典"近人

习近平总书记用典都是中华优秀传统文化中最具有基因性根脉性的句段,都是中华文化的最大公约数,是中华民族五千多年的智慧结晶,有着穿越时空的生命力,具有广泛的共鸣性、亲民性,和百姓心心相印,和当下生活紧紧相扣,能得到观众的强烈认同。同时,习近平总书记用典充满着文化自信,充满着文化自豪感,充满着对祖国对人民的深厚关切,具有春风化雨般的贴切温暖和天然感染力。

"题"近人

这次讲坛选择的主题都很贴合人民,是民族、国家、百姓迫切需要的,甚至是全人类需要的,跟现代人的心理渴望能够无缝对接,是对中华优秀传统文化一次拉网式盘点和应用式推广。习近平总书记在全国宣传思想工作会议上强调:"中华优秀传统文化是中华民族的文化根脉,其蕴含的思想观念、人文精神、道德规范,不仅是我们中国人思想和精神的内核,对解决人类问题也有重要价值。要把优秀传统文化的精神标识提炼出来、展示出来,把优秀传统文化中具有当代价值、世界意义的文化精髓提炼出来、展示出来。"在我看来,这些经典名句,就是我们的文化标识,就是我们的文化精髓。其中许多智慧不仅对实现中国梦具有重大指导意义,对解决人类问题也有重要价值。

"解"近人

节目所请主持人、思想解读和经典释义人、朗诵家,包括大学生,都有很好的气质和素养,可亲可敬,口才好,台风好,不过分夸张,不过分煽情,娓娓道来。他们的解读既有传承性,也有时代性,能够做到创造性转化和创新性发展,很接地气。

"场"近人

主持人和嘉宾与大学生的现场互动是一个亮点。一定意义上,这是两代人的对话,从大学生的神态可以看出来,现代年轻人渴望走进经典,渴望这些经典给他们的人生以指引。这些互动环节事实上就成为中华经典的校园调查,从大学生所问的一些问题里,可以感知到新一代大学生对经典的反应,可以得知这些经典投射到他们的心灵,会对他们产生怎样的影响力,从中可以看到大学生关注的是什么,感受到这些经典能给他们的人生带来什么样的价值,在他们的心中是不是能激起涟漪、引起共鸣,哪部分他们更感兴趣,这有利于我们改进经典审美、经典教育、经典应用的思路。

"景"近人

这次讲坛的背景选择非常有审美效果。整场讲坛传达的都是中华文化的符号,大背景的图案、意象、色彩、书画、剪纸,都选用了中华文化标志性元素,都代表着中华民族传统的审美意向,清静、温馨、安详,具有很强的家园感,让人眼前一亮。这是《百家讲坛》的一个创新性发展。在灯光的使用、环境的布置、主讲人和主持人的服装设计上,既具有时代性,又不失中华美学韵味,跟习近平总书记的用典很吻合、很贴切。

"读"近人

这次讲坛选择了央视著名主持人进行朗诵,把经典的解读带向经典审美,带向音韵感受,让人从解读的酣畅淋漓和释怀进入一种内涵感、节奏感、旋律感、音韵感的享受;让人在唯美中感知中华文化的魅力,感知中华意向性和象征性文字组合独有的韵味,这在全世界所有的语言里面是独一无二的。略显遗憾的是,中国古代用的是诵读,而现代主持人的朗诵已经不是古典的朗诵了,如果是古典的吟诵就更有味道了。

"式"近人

习近平总书记的讲话用微视频的方式展示,传播方式近人,传播力大大加强了。以前的节目多是整体性传播,这一次用了整体性和段落性结合传播,分门别类,供不同的受众选择,不同的人可以选择不同的需要,符合现代快节奏大背景下的接受心理。

把解说词全文发布,也满足了一些渴望跟进学习、深度学习、全面学习的受众需要。配发了一些参与专家的解读,这给一些渴望学习、渴望深度走进传统文化的人,提供了不同的进入渠道和视角,具有很强的亲民性、开放性。

每一集在结构上、形式感上显得生动活泼、跌宕起伏,具有一定的舞台和戏剧效果,符合现代人的观赏心理。过去的讲坛专家一讲到底,底下的观众非常安静,这样固然很好,但今人很少也很难坐下来静静地听一个人讲四十分钟,更多的人需要在动态中学习,这是对现代快节奏生活的主动审美适应。

解读人的一些段落性解读可以按主题制作成不同的短视频,适合现代人在手机上观看。习近平总书记的用典具有很强的指导性和适应性,这种微视频一定会被不少老师引入学校,用于课堂。

这七个"近人"让我们感受到现代电视节目要走进寻常百姓家,确实需要进行创造性转化和创新性发展。要把中华文化用现代的方法论、现代的媒介、现代的手段潜移默化地、润物细无声地、不知不觉地送到千家万户,送到人们的日常生活中,方便人们去学习。

这种方式比我们传统的书本阅读、课堂解读生动得多,有吸引力得多。既然现代人已经离不开网络和手机,那我们就借助于网络和手机传递一些正能量的内容,主动引导,主动培养学用中华经典内容去浸润当代人的心灵。

山海相望，情义相连

在中国，有一部以我的故乡西海固为大背景的暖剧正在热播，那就是《山海情》。很少看电视剧的我，也抱着手机，在"学习强国"学习平台上跟踪观看。剧中的每一个人物，都是那么亲切，让我重新打量那片土地。那片土地上的大美，也让我对"命运共同体"这个概念有了新的理解，对"文化自信是更基础、更广泛、更深厚的自信"，是"更基本、更深沉、更持久的力量"有了新的理解。

该剧讲述的是二十世纪九十年代以来，西海固人民在国家移民政策和扶贫政策的号召下，在福建各行各业干部和专家的对口帮扶下，攻坚克难，通过二十多年艰苦劳动将贺兰山下昔日飞沙走石的干沙滩建设成"金沙滩"的故事，是一部中国式脱贫的真实写照。

一九九七年，时任福建省委副书记，同时也是福建省对口帮扶宁夏领导小组组长的习近平第一次来到宁夏，亲自为闽宁村命名，对闽宁村和宁夏的发展做出顶层设计。他对这块地方有着特殊的牵挂,二十多年来多次来到宁夏实地考察调研扶贫工作。二〇一六年,他又踏上这块土地,回忆了二十年前在福建工作时直接推动闽宁合作的情景。

在银川主持召开的东西部扶贫协作座谈会上,习近平总书记指出,东西部扶贫协作和对口支援,是推动区域协调发展、协同发展、共同发展的大战略,是实现先富帮后富,最终实现共同富裕目标的大举措,必须认清形势,聚焦精准,深化帮扶,确保实效,切实提高工作水平,全面打赢脱贫攻坚战。

开拓进取齐攻坚,山海携手奔小康。在移民政策的正确引导下,一批批生活在西海固的淳朴老百姓,离开了那块靠天吃饭养活不了他们的故土,带着对美好生活的憧憬来到一片荒漠的贺兰山下,积极投入劳动,克服重重困难,用西北人特有的憨实和坚韧,将那块飞沙走石的荒漠建设成为今天富庶美丽的闽宁镇。

《山海情》是"理想照耀中国——国家广电总局中国共产党成立一百周年电视剧展播"节目,为国家广电总局重点电视剧。据了解,该剧开播仅两天热度就到达四位数,受到广大观众的热烈追捧,收视率在卫视里面名列前茅。

该剧的成功在一定意义上是中华优秀传统文化的成功,也是中华优秀文化的源头活水滋养的结果。无论是在中国扶贫史还是在世界扶贫史上,"闽宁经验"都堪为样板。

"闽宁经验"是中国特色社会主义制度的生动实践,也是中华文化整体观的生动写照,是守望相助美德在新时代的诗意绽放。

"天地与我同根,万物与我一体。""凡是人,皆须爱。"中华优秀传统文化强调把每一个生命个体都视为亲人,就像《礼记·礼运》中所讲"大道之行也,天下为公,选贤与能,讲信修睦。故人不独亲其亲,不独子其子,使老有所终,壮有所用,幼有所长,矜寡孤独废疾者,皆有所养"。

这种伟大的传统到了社会主义时期变成了东西部的对口支援,变成了"闽宁经验"。

为什么共产主义没有在马克思的故乡取得成功,而在中国取得成功,并最终形成了中国特色社会主义?正是因为中华优秀传统文化中"天下为公"的思想和共产主义同频共振。

《山海情》把中华文化中"天下为公"的思想,把中华文化的整体性和利他精神演绎得淋漓尽致。正是这种大爱演绎,让这部连续剧一经问世就收到了意想不到的收视率,备受业内关注。

刚刚农校毕业的年轻村干部马得福,外柔内刚的西北女孩李水花、白麦苗、秀儿,福建扶贫干部陈金山、农林专家凌一农,村主任马喊水,村民李大有,年轻创业者马得宝,在他们的身上,我们看到了中国人特有的勤劳质朴、苦干实干、坚持不懈的优秀品格,同时我们也看到了中华文化中"仁者爱人"的生动体现。

山海相望,情义相连。闽宁对口支援让南北地理和百姓的心连为一体,是大同精神的折射,也是《弟子规》里面讲的"天同覆,地同载"的天地精神的折射。

纵观五千年的中华文明史,我们看到中华文化是由一个字贯穿下来的,那就是"爱"。这种爱就是《大学》里面讲的"大学之道,在明明德,在亲民,在止于至善"。善的途径就是"亲民",而"止于至善"离开了亲民是无法完成的。

我们从剧中人的身上看到了中华传统文化的血脉、文脉和共产主义、社会主义精神的完美结合。

这部电视剧给我们的启示是,它让我们每一个中国人都从这种文化中得到安全感、幸福感和获得感。这是一种只有中华民族才拥有的温暖、诗意和美好。

这个山、这个海既是具象的山和海,也是象征性的山和海。《山海情》中的"情"是人情也是恩情,是一种来自于对人、对生命价值正确理解基础上的理想主义、浪漫主义和现实主义文艺的展现。

相信闽宁扶贫经验一定会为世界扶贫事业树立样板,为中华民族伟大复兴梦的实现提供非常鲜活的影视依据,同时为构建人类命运共同体提供鲜活的影视依据。

　　这是一部非常富有烟火气和生活气息的电视剧,这部电视剧给我们的启示是,只有在正确价值观的统领下,现实主义和浪漫主义才能够完美结合。

祝福的本义

和著名制片人王海涛先生合作十年了,他约我出任八集纪录片《中国年俗》的文字统筹。我是一个"大年迷",当然要答应。

快要过年了,剧组攻坚克难,分赴各地采拍,赶在春节期间将节目顺利播出,收获了极好的反响。在我的印象中,这应该是中华优秀传统文化纪录片表达的破冰之作之一。接着,我们又牵手《记住乡愁》。一次次和编导们过选题、采点、审片的场景历历在目。

壬寅虎年,节目以图书形式和读者见面,这既是对节目的延续,也是对习近平总书记"用情用力讲好中国故事"这一号召的积极回应。本书的出版为民众从年俗中坚定文化自信、增强文化认同、助力乡村振兴助一臂之力。

把八集节目又看了一遍,我仍然觉得好,仍然觉得这是近十年来看到的年俗题材节目中最鲜活的。

立春这天,我收到了《中国年俗》的图书清样。浏览一遍,脑海中冒出这样的句子:电视人编的图书。它给我的感觉不能单单用图文并茂来形容。它既有古老年画的韵味,又有电视视角的现代气息,是图书,又是画集,是从八集节目中挑拣出来的年俗珍珠——养眼、养心又养神。小标题尤其精彩,既是年俗的陈述,又是诗性的演绎,相信读者一打开目录,就想深入阅读。全书五章,仅以第一章《忙在腊月》为例:腊八粥——开启年的序幕;腊鼓——唤醒沉睡的大地;年画——渐渐远去的记忆;赶大集——跨越边境的忙年;花市——让春天走进家门;祭灶——一场与家"神"的对话;理发——有钱没钱,剃头过年;窗花——剪刀开合间的新春祝福;水仙花——清香的年味;打糍粑——土家儿女记忆中的年味;花馍——"母亲的艺术"传承千载。

而《守在三十》《聚在初一》《乐在初二》《玩在正月》中的一个个小标题,更是抓人。

在我看来,这本书传递的,正是中华优秀传统文化的精神标识和文化精髓。全书传达的敬畏、感恩、平等、和气、共享、团圆等思想,也正是当前人类所亟需的。

而思想只有通过程式才能落地。中华民族先祖正是看到这一点,再结合大自然的律令设节。年年岁岁、周而复始、永不间断的节仪,让人类得以永续智慧的生活化、功能化、养成化、素养化,由人而众,变成一个民族永久的维护力、生产力、凝聚力,最终成为中华民族的文化认同、文化自觉、文化自信,也成为中华民族的价值引导力、文化凝聚力和精神推动力。

可是,为什么不少人说年味越来越淡了呢?

在我看来,是人们渐渐忽略了年节的教育和祝福功能。为此,《中国年俗》纪录片和图书都特别突出了教育和祝福功能。

一是"敬"的教育。通过对天地、神灵、祖先及古圣先贤等祭祀活动,培养后人的敬畏心和感恩心。从《忙在腊月》中我们知道,中国人的年从腊八开始。由此,老人们教育孩子慎独持敬,管理起心动念,心思皆要向美、向善、向上,对一碗一筷都要恭恭敬敬。试想,这样的状态保持四十天,一个人的养成教育就初步形成了。

二是"静"的教育。我在《寻找安详》中专门写过一章,主要的观点是一个人要想打开生命智慧,获得根本性的喜悦幸福,必须走进深度安静,由此感受生命的本质、核心,感受幸福,珍惜它,善待它。而《守在三十》向观众和读者展示的,正是这种静。这种静,是通过守岁的"守"来完成的。在拙著《农历》中,我借六月父亲的口讲过,除夕晚上的"守",是让我们一寸一寸地感受时间。当一个人能够一寸一寸地感受时间,他就能够给生命当家作主,在未来的生活和工作中,就不会轻易被利益绑架,滑向欲望的深渊。

三是"境"的教育。在《忙在腊月》《守在三十》《聚在初一》《乐在初二》《玩在正月》中,我们看到,中国人过大年,事实上是在给后代设计一个个教育环境。无论是除尘、祭灶、祭祖,还是贴春联、请门神、粘窗花,又或是贴年画、耍社火、拜大年,都是融入情境的教育方式。后人在祥和的气氛中,耳濡目染地接受礼乐文化的熏陶,感受美和善。

四是"净"的教育。前三个方面,最终要达成的人格境界是"净",让我们的内心一尘不染。在古人看来,一个一尘不染的人,就拥有了完美的人格,转凡成圣了。无论是八集节目,还是本书,处处可见年俗对心灵纯洁的维护。老人让孩子在一种强烈的节日气氛中摒除私欲,去除仇恨,赶走抱怨,把念头定在祝福上,企盼天人合一,让分多润寡、守望相助的美德,通过一年一度的大年礼代代相传,让"命运共同体"的意识深入千家万户。生命的整体性、平等性,不但体现在对待人伦上,还体现在对待动物、植物、天地万物上。一个心中有敬、有静、有境又能净的人,自然会身心安泰。在我看来,这就是祝福的本义。

记得当初在给导演讲节目的时候,我曾说,"年"的本义是谷物成熟,也象征着人格的成熟、生命境界的成熟。一个人,如果能全面地接受"敬"的教育、"静"的教育、"境"的教育和"净"的教育,他的生命境界一定会成熟得多。中华优秀传

祝福的本义 283

统文化注重培根铸魂,注重整体性教育,而整体性教育正是中华传统节日的长项。因为中华传统节日设节立仪,正是基于大自然节律,基于天人合一的理念,基于过程性幸福的成功观。而《中国年俗》把中国人的过程性审美、过程性幸福展示得淋漓尽致,是地地道道的"中国故事""中国精神"。

第五辑

中国作协主席铁凝踏上这片土地,在这里开讲中国作协『文学照亮生活』全民公益大讲堂第一讲,并称,文学是这片土地上最好的庄稼,这里是中国文学最重要的粮仓。

笔下有乾坤

"天地玄黄,宇宙洪荒,日月盈昃,辰宿列张。"二〇一六年十一月三十日,虽然是严冬,但庄严雄伟的人民大会堂里却温暖如春。这是中华民族演进史上具有里程碑意义的一天。这一天,习近平总书记为中华民族重建"文道",重修"艺德"。习近平总书记的讲话既传统又现代,既理性又诗性,既有哲学高度,又有美学感染力,既有历史纵深感,又有现实厚重感,既有中国情怀,又有世界胸怀,既有宏观建设性,又有微观操作性,可谓新时代的《文心雕龙》。其韵似兰斯馨,其文如松之盛,可欣可赏,可吟可诵,一如"黄钟大吕"。

从中,习近平总书记提出了新的文化观、人民观、创新观、理想观。整篇文章就像一棵郁郁葱葱的大树,文化观是根,人民观是干,创新观是枝,理想观是花果。浑然一体,声情并茂,听来扣人心弦,引人入胜,极具历史穿透力和现实召唤力。

特别是习近平总书记对文化自信的根基性、价值观的决定性、人品的首先性、艺术理想的引领性的强调,都具划时代意义。

在总论里,习近平总书记指出:"中华民族生生不息绵延发展、饱受挫折又不断浴火重生,都离不开中华文化的有力支撑。中华文化独一无二的理念、智慧、气度、神韵,增添了中国人民和中华民族内心深处的自信和自豪。在五千多年文明发展中孕育的中华优秀传统文化,在党和人民伟大斗争中孕育的革命文化和社会主义先进文化,积淀着中华民族最深沉的精神追求,代表着中华民族独特的精神标识。"

在讲到五千年中华优秀传统文化时,习近平总书记格外强调:"传统文化是我们的宝。我到世界各地,只要一谈到中华传统文化,人们莫不表示敬重。"从中,我们可以设身处地地体会到习近平总书记对中华传统文化的珍视,甚至体会到他内心的着急和对作家、艺术家弘扬光大的殷切期待。

接着,习近平总书记讲道,"文运和国运相牵,文脉同国脉相连",点出"文艺是国民精神所发的火光",要求文艺家做到"胸中有大义,心里有人民,笔下有乾坤","昭示美好前景,描绘光明未来"。

为此,习近平总书记对文艺家提出四点希望:

"鸣凤在竹,白驹食场。化被草木,赖及万方。"在第一点希望亦即新的文化观部分,总书记就像一位穿越历史又游历寰宇的归来人,毋庸置疑地告诉我们文化自信的不可替代性价值和根本性意义:"文化自信是更基础、更广泛、更深厚的自信,是更基本、更深沉、更持久的力量。坚定文化自信,是事关国运兴衰、事关文化安全、事关民族精神独立性的大问题。没有文化自信,不可能写出有骨气、有个性、有神采的作品。"

在此部分,习近平总书记用特别严厉的口气指出,"绝不做亵渎祖先、亵渎经典、亵渎英雄的事情",让人想到古人所说的"盖此身发,四大五常,恭唯鞠养,岂敢毁伤"。他要求文艺家要有"史识、史才、史德","不忘本来、吸收外来、面向未来","让我国文艺以鲜明的中国特色、中国风格、中国气派屹立于世"。

于此,由中宣部等部委推动支持、中央广播电视总台组织拍摄的百集大型纪录片《记住乡愁》即为有力的证明。节目在央视四套、九套、一套和一些地方台播出后,反响十分强烈,甚至有不少人进行了生活化复制和精神性借鉴,其中第二季多次获得国家纪录片大奖。一个家族能够传承千年,其历史跨度超过许多民族、许多国家。一部族谱能够保留千年,无论是战乱还是瘟疫,都未能让它从大地上消失。一个村落,能够成为状元村、翰林村、将军村、长寿村,能够几百年来没有刑事犯罪,能够做到路不拾遗、夜不闭户,活生生地证明了总书记关于文化自信的论断既是历史史实,又是生活真实。

在阅读这些文本的时候,我在想,一个受过重伤的人,最重要的是恢复元气。当下社会,各种危机困扰着人们,说一千道一万,其原因在于我们没有恢复这些隐藏在人民之中、深埋在岁月深处的原始生命力。就像古人几味草药就可以治好的病,现在动辄要成千上万元。这种高治理成本,源于我们迷失在头痛医头、脚痛医脚的"技"之层面,而忽略了"技"之上有"术","术"之上有"学","学"之上还有"道"。一些在"技"层面需要千斤之力才能完成的事情,在"道"层面也许用四两力就够了。君子务本,本立则道生。这个"本",它是中华民族的最宝贵家底,是中华儿女理应继承下来的看家本领。

就我个人的文学创作而言,拙著"农历"系列、"安详"系列之所以能够得到读者欢迎,一印再印,正是得益于自己转身"回家",从热衷于先锋性创作转向对祖先留下的中华优秀传统文化的深深礼敬和自觉书写。

"仁慈隐恻,造次弗离。节义廉退,颠沛匪亏。"在第二点希望亦即新的人民观里,习近平总书记的语气就像一位深谙宇宙秘密和人情世道的先生在给学生纠错:"文学艺术要让人民体会到人间真情和真谛,感受到世间大爱和大道。""我们有责任写出中华民族新史诗。"在这部分,习近平总书记特别强调"文人之笔,劝善惩恶","文艺创作的目的是引导人们找到思想的源泉、力量的源泉、快乐的源泉。清泉永远比淤泥更值得拥有,光明永远比黑暗更值得歌颂。广大文艺工作者要提高阅读生活的能力,善于在幽微处发现美善、在阴影中看取光明,不做徘徊边缘的观望者、讥诮社会的抱怨者、无病呻吟的悲观者",不要视个人小悲欢为全世界。

近几年,我以一名文化志愿者的身份,走遍了祖国的大江南北,对中华文化如何对接时代问题,如何让社会主义核心价值观"落细落小落实",如何解决时代性精神空虚问题,如何引导人们走出价值迷茫,走出焦虑和抑郁,包括如何有效提高人们的幸福指数,在最朴素的日常生活和工作中享受生命,包括享受本职本分问题,进行了一些实践,效果让人惊喜。在中华书局出版的拙著《寻找安详》和《醒来》中,我收录了十六则案例,证明了总书记讲的"要用有筋骨、有道德、有温度的作品,鼓舞人们在黑暗面前不气馁、在困难面前不低头,用理性之光、正义之光、善良之光照亮生活","让人们看到美好、看到希望、看到梦想就在前方"是非常正确的。它让我切实感受到"离开人民,文艺就会变成无根的浮萍、无病的呻吟、无魂的躯壳。一切有抱负、有追求的文艺工作者都应该追随人民脚步,走出方寸天地,阅尽大千世界,让自己的心永远随着人民的心而跳动",也让我切实感受到"用文艺的力量温暖人、鼓舞人、启迪人,引导人们提升思想认识、文化修养、

笔下有乾坤 *291*

审美水准、道德水平,激励人们永葆积极向上的乐观心态和进取精神"是多么重要。

"孔怀兄弟,同气连枝。交友投分,切磨箴规。"在第三点希望亦即文艺的创新观里,习近平总书记的口气就像一位循循善诱的先生,在想方设法扩展学生们的心量:"中国人民不仅将为人类贡献新的发展模式、发展道路,而且将把自己在文化创新创造中取得的成果奉献给世界。""让目光再广大一些、再深远一些,向着人类最先进的方面注目,向着人类精神世界的最深处探寻。""为世界贡献特殊的声响和色彩、展现特殊的诗情和意境。"

仍然以《记住乡愁》为例,它让全世界人民看到,这个世界上,曾经有一种生活,是那么自足、自在、自得、自由、潇洒、浪漫、诗意、喜悦、幸福、圆满,但成本却非常低。它让全世界人民看到,这个世界上,有这么一个民族,其变得强大的目的是帮助弱小者,发达的目的是接济困难者,那里的人们"读书志在圣贤,非徒科第;为官心存君国,岂计身家",奉行"几百年人家无非积善,第一等好事只是读书",秉持"积善之家,必有余庆;积不善之家,必有余殃";它让全世界人民看到,形象生动的中国之"中",活灵活现的中国之"中",其表现在生命上是清净、平等、觉悟,表现在为人上是温良恭俭让,表现在伦理上是孝悌忠信礼义廉耻仁爱和平，表现在管理上是诚意正心修身齐家治国平天下。

这个民族，它把生活成就和生命成就相统一，把个人成功和集体成功相统一，它既关注个人幸福，也不忘"人类命运共同体"。从这个意义上说，记住乡愁，不但是华人之福，更是人类之福，不仅是中国梦，更是人类梦的一个模型。

"德建名立，形端表正。空谷传声，虚堂习听。"在第四点希望亦即文艺的理想观里，习近平总书记的口气就像一位母亲一样谆谆教导，语气中含着慈悲和爱护："文艺是铸造灵魂的工程，承担着以文化人、以文育人的职责""要引导人们向高尚的道德聚拢，不让廉价的笑声、无底线的娱乐、无节操的垃圾淹没我们的生活"。我曾在《文学的祝福性》一文中写到一名反社会青年因为读了《平凡的世界》和《了凡四训》而浪子回头，重新做人，最终成为一名道德模范的故事，印证了习近平总书记这段教诲的重要。

习近平总书记讲，"伟大的文艺展现伟大的灵魂，伟大的文艺来自伟大的灵魂"，"创作者要首先塑造自己"，"德不优者不能怀远，才不大者不能博见"，"要遵循言为士则、行为世范"。对此，我个人非常有感触。自己的一些演说和行为之所以影响了一些人，收到了一定的社会效果，也许正和自己意识到这一点有关。为了让大家对传统文化生起信心,近年来,我先后向全国公益平台捐赠了一百多万码洋的拙著,从中切实感受到了一种"知行合一"的感召效果,也切实感受到了一种放下"自我"的喜悦。更能够意会总书记所引"江山留胜迹,我辈复登临"的生命情怀。

"笃初诚美,慎终宜令。荣业所基,籍甚无竟。"静夜再读总书记的讲话,发现文本本身就体现了对传统的无限礼敬,对人民的无限爱护,对创新的无限鼓励,对理想的无限期许。

"保护传承"也是"国之大者"

党的十八大以来,国家高度重视文化和自然遗产保护工作,从留住文化根脉、守住民族之魂的战略高度做出了一系列重要指示:

"夫源远者流长,根深者枝茂。""文物承载灿烂文明,传承历史文化,维系民族精神,是老祖宗留给我们的宝贵遗产,是加强社会主义精神文明建设的深厚滋养。保护文物功在当代、利在千秋。""中华民族在几千年历史中创造和延续的中华优秀传统文化,是中华民族的根和魂。""优秀传统文化是一个国家、一个民族传承和发展的根本,如果丢掉了,就割断了精神命脉。""没有文明的继承和发展,没有文化的弘扬和繁荣,就没有中国梦的实现。""历史文化是城市的灵魂,要像爱惜自己的生命一样保护好城市历史文化遗产。要本着对历史负责、对人民负责的精神,传承历史文脉。""城市规划和建设要高度重视历史文化保护。不急功近利,不大拆大建。要突出地方特色,注重人居环境改善,更多采用微改造这种'绣花'功夫,注重文明传承、文化延续,让城市留下记忆,让人们记住乡愁。"

中共中央办公厅、国务院办公厅印发的《关于在城乡建设中加强历史文化保护传承的意见》(以下简称《意见》),让总书记的这些指示变成了可供各地区、各部门贯彻落实的指南。《意见》指出:"在城乡建设中系统保护、利用、传承好历史文化遗产,对延续历史文脉、推动城乡建设高质量发展、坚定文化自信、建设社会主义文化强国具有重要意义。"

对于中华民族来说,这一文件的出台,具有极其深远的历史意义,也具有极其重要的现实意义,更有无限的未来意义,为此我深有体会。

从"根教"看《意见》的重要意义

只有根深才能叶茂,这不但是植物学常识,也是人类学常识。历史文化,无疑是一个民族的根脉。在《记住乡愁》采拍时,我发现,但凡兴旺发达的家族,都特别注重书院、祠堂、戏楼、家谱等历史文化载体的保护。一些人家,即使到了断炊的地步,也不愿意出售祖屋。长辈们讲,只要这些念想在,根就在;根在,枝就在;枝在,叶就在。有了这些念想,子孙们就会生出家庭荣誉感,就会懂得"身有伤,贻亲忧;德有伤,贻亲羞",就会发愤图强,清白做人,以"立身行道,扬名于后世,以显父母"而完成"孝之终"。在第一季第四十六集广东南社村,我们看到,一个人如果对社会有贡献,村人就给他在祠堂立活牌位,以此激励人们迁善改过。在第二季第三十五集青礁村,我们看到,福建厦门青礁村颜氏人家用数十年的时光续修族谱,让台湾同胞心向祖地。在第四季第四十四集和平镇,我们看到,福建和平镇村民自发组织建工队,用五年时间,修缮了老房子,极大地提高了族人的凝聚力。

令人欣慰的是,《记住乡愁》的拍摄,有力地推动了古村、古镇、古街区、古城的保护,无论是为当时的拍摄需要,还是播出后地方政府从节目中看到了之前没有看到的价值,都普遍掀起了保护这些文化遗产的热潮。二〇一六年,《记住乡愁》第二季拍摄福建安溪《南岩村:知难而进》。节目播出后,在当地引起强烈反响,让当地政府及村民开始重视文化传承。政府邀请专家对古村落重新规划,村民积极参与,经过三年多的保护、修复,二〇一九年六月,该村被列入第五批中国传统村落名录。节目中拍摄、讲述的泰山楼,成为茶叶走向世界的物证实例,并被评为全国重点文物保护单位。

不少村落,干脆打起了《记住乡愁》拍摄地的招牌。

二〇二〇年《记住乡愁》第六季采拍云南《通海古城——

山水古城,和合而居》。节目播出后,极大地提高了通海的知名度和美誉度,为通海古城引来了四方宾客。因为节目的推动,二〇二一年三月,经国务院批准,通海被列为"国家历史文化名城"。

从"境教"看《意见》的重要意义

我当年读《岳阳楼记》,不太理解范文正公的"先天下之忧而忧,后天下之乐而乐"。年近不惑,越来越敬佩范公。就找来《宋史》看范公传,不禁潸然泪下。

> 范仲淹,字希文,唐宰相履冰之后……仲淹二岁而孤,母更适长山朱氏,从其姓,名说。少有志操,既长,知其世家,乃感泣辞母,去之应天府,依戚同文学。昼夜不息,冬月惫甚,以水沃面;食不给,至以糜粥继之,人不能堪,仲淹不苦也。举进士第,为广德军司理参军,迎其母归养。改集庆军节度推官,始还姓,更其名。

读完就特别想到范仲淹当年读书的醴泉寺看看。有一年,在济南讲完课,我便前去拜谒。

据史载,醴泉寺始建于南北朝时期,为庄严法师创建,后圮。唐中宗时，寺僧仁万重建，恰逢寺旁山腰有一泉涌出，无比甘美，报之中宗，赐名"醴泉"。醴泉寺由此得名。与大多数寺庙坐北朝南不同，醴泉寺位于一条南北走向的山谷正中，坐南面北，三面群山环绕，一侧天宽地阔，蔚为壮观。大门两侧，一对石狮雄视四方。拾级而上，山门翘角飞檐，雄伟庄严。院落层层叠进，门对大雄宝殿，中有释迦牟尼宝像，系一巨石刻成，仅头部就有一米多高。殿后为范公祠，与大雄宝殿前后并列。范公祠也是面北背南，且高出主殿两米，故有"天下寺院皆崇佛，唯有醴泉独尊儒"之说，足见对范公"先忧后乐"思想的崇尚与敬仰。

好奇心驱使我前去探幽。从醴泉寺向南，一路寻找，费了好大劲，在黉堂岭的悬崖下，找到一孔石洞，这儿就是范公的"读书洞"。这里的确是一个适宜读书之地，人迹罕至，四周静寂，溪水潺潺，鸟鸣声声。这时，再吟"昼夜不息，冬月惫甚，以水沃面；食不给，至以糜粥继之，人不能堪，仲淹不苦也"，就有一种刻骨铭心的感动。

如果不到实地瞻仰，很难体会其中况味。

也就在这里，导游告诉我，有一天，范公正在洞中读书，只见一灰一黄两只小老鼠吱吱乱叫，他忙将老鼠驱赶出去。老鼠逃出洞外，钻到树下。范公追到跟前，只见两鼠以爪扒地，望着他，并不离去。范公很是惊奇，取来铁锹挖开鼠洞，原来树两侧竟然是地窖,一窖黄金,一窖白银。范公不为所动,随手埋好,复回洞中读书。范公离寺三十年后,醴泉寺遭受火灾。此时,范公正在西北戍边。慧通大师派人找他求援,让他帮助重建醴泉寺。范公热情款待来人,却只字不提修寺之事,只将一封书信带给慧通大师。

慧通大师拆开书信,原来是一首五言诗:"荆东一池金,荆西一池银,一半修寺院,一半济僧人。"慧通大师让人去挖,果然。范公宁可"画粥断齑",面对金银却丝毫不动一念的高尚品格,感天动地。

这一天,我突然觉得,真正的阅读,应该"在现场"。一树一木,一花一草,一台一阶,都是文字,都是语法,都是修辞。这种"在现场"获得的"气息",是我们只读《宋史》,只读《宋朝事实类苑》无法替代的。这大概就是古人讲的"境教"的重要性,也是古人讲的行万里路的重要性,也是国家倡导青少年研学旅行的重要性,更见《意见》出台的重要意义。

从"文教"看《意见》的重要意义

二〇二〇年,宁夏早教协会会长贺秀红女士筹备开发《记住乡愁》和"文学之乡"两个研学旅行线路,我出生成长的老堡子(位于宁夏西吉县将台堡镇明星村粮食湾)正好是二者的交会点,两方面内容,都被中央电视台拍摄播出过。无论是作为我的第一本市场书《大年》的责任编辑,还是和我一起寻找安详、帮助有心理障碍孩子的同道,她都看好我的故乡,特别是老堡子的潜在价值。

实地考察后,她对我说,到村里一看,让人既高兴又遗憾。高兴的是,新农村建设让乡亲们的居住环境焕然一新,遗憾的是,没有把《农历》描写的"乔家上庄"原貌保护下来,哪怕作为一张"文学邮票"、一个影城。我说,这是大势,要说,还要感谢政府,没有把这些老堡子推掉。当年石舒清和我陪同李敬泽先生"走马黄河"时,李敬泽先生曾上过这个堡墙,说,这些老堡子,你们要保护好,这可是西海固大地上的宝。并让我有空了把这些老堡子普查一遍,写本书出来,一定是西海固的另一本历史。

《农历》的原型村已经看不见了,只让孩子们在这里看这座孤零零的堡子,显得有些单调。于是,秀红建议,选一些对孩子们有教育意义的老照片,由她装框悬挂在几间老屋子里,以此"还原""乔家上庄"的样子,帮助大家走进"农历世界"。

国庆假期,首届"文学之乡"研学旅行团前往我的故乡。第二天,由中央电视台导演徐凤兰全程陪同的旅行团走进堡子。家长和孩子们对这些照片的喜欢,出乎我的意料。不少家长从一进堡子就开始翻拍,直到参观结束。之后,大家在堡子里齐读《农历》,场景感人至深。

二〇二〇年国庆假期,当我一进村,发现村子变得我不认识时,只觉得自己的生命之根被一刀砍断了,一种巨大的无根感几乎把我击倒在地。

同样,一些想把拙著《农历》搬上荧屏的编导,实地考察后,也是扼腕叹息。

写这篇稿子时,著名教育家叶建灵先生正在我老家踩点,他准备国庆假期带着来自全国的家长和孩子研学旅行。我心想,如果这份文件能够早出台两年,政府也许就会把这个"农历村"保护下来,让它作为一张"文学邮票",也作为全国第一个"文学之乡"的村庄"文学馆",让研究《农历》的学者和热爱《农历》的读者实地考察,现场感受。

相信,借着《意见》的东风,全国各地一定会保护一批重要文学作品的原型村、镇、巷。否则,随着一个个"原型"的消失,其承载的文化价值也就消失了。这是大地的损失,也是一个民族的损失。

昭文道,明文德

习近平总书记在中国文联十一大、中国作协十大开幕式上的重要讲话是中华五千年文道文德的新时代灿烂绽放,是马克思主义文艺观的中国化,是习近平新时代中国特色社会主义思想的诗性体现,闪现着文化自信的光辉,为新时代文艺巨舰出海扬帆指明了航向。

总书记在讲话中提出的四点希望,语重心长。"复兴伟业""恢宏气象""人民立场""人民史诗""守正创新""跟上时代""中国故事""中国形象""弘扬正道""德艺双馨"……这些关键词值得每位文学家、艺术家细细体会、用心实践。

我们要以此为遵循、为动力,展现实现中华民族伟大复兴中国梦的信仰之美、道路之美、制度之美、梦想之美,为实现第二个百年奋斗目标,实现中华民族伟大复兴中国梦提供强大的价值引导力、文化凝聚力、精神推动力。

韩愈讲:"文人得其职,文道当大行。"文艺事业是党和人民的重要事业,文艺战线是党和人民的重要战线。总书记强调:"党和人民需要你们、信赖你们、感谢你们！"这些话语让人备感温暖,更觉责任重大。

古书有言:"经纬天地曰文,道德博厚曰文,学勤好问曰文,慈惠爱民曰文,愍民惠礼曰文,锡民爵位曰文。"这"六文"对处于新时代的我们而言,同样具有启发意义。展现这个伟大时代的经纬天地、道德博厚、勤学好问、慈惠爱民、愍民惠礼、锡民爵位,向世界展现一个可信、可爱、可敬的中国形象,为人类文明新形态添砖加瓦,是作家、艺术家的应有之责。

"文艺要对人民创造历史的伟大进程给予最热情的赞颂。""广大文艺工作者只有深入人民群众,了解人民的辛勤劳动,感知人民的喜怒哀乐,才能洞悉生活本质,才能把握时代脉动,才能领悟人民心声,才能使文艺创作具有深沉的力量和隽永的魅力。"电视剧《山海情》的火爆就是最好的例证。它让观众对中国共产党党史和改革开放史的宏伟篇章有了更加深切的体认。二三十年间,闽宁镇如何由漫天黄沙、通电不成、灌溉困难的干沙滩变成了"金沙滩"？剧作告诉我们,西海固人民的埋头苦干、扶贫干部的拼命奋斗与国家扶贫政策的积极作为,缺一不可。在改革的沧桑巨变中,不变的是压不垮的中国脊梁。

"要挖掘中华优秀传统文化的思想观念、人文精神、道德规范,把艺术创造力和中华文化价值融合起来,把中华美学精神和当代审美追求结合起来,激活中华文化生命力。"中央广播电视总台大型文化节目《典籍里的中国》以"让书写在古籍里的文字活起来"为破题点,对蕴含在古籍中的中国智慧、中国精神、中国价值,进行了可视化、故事化、直观化的艺术转码。第一季十一期节目期期精彩,每次更新都会掀起新一轮热议,成为现象级节目。其奥秘在于,创作者深挖传统精髓,钩沉典籍里的中国精神之源,实现了优秀传统文化的创造性转化和创新性发展,大大提振了文学家艺术家向中华优秀传统文化寻宝的信心。

特别值得一提的是,这次文代会、作代会的召开,正值中国作协授予我的故乡西吉县中国第一个"文学之乡"十周年。中国作协把"文学照亮生活"的第一讲放在西吉县,由中国作协主席铁凝主讲。她在演讲中说,文学是西吉这块土地上生长得最好的庄稼,西吉是中国文学宝贵的粮仓。愿中国文学成为人类最好的庄稼,成为人类最宝贵的精神粮仓!

为人类文明发展贡献中国智慧

习近平总书记所作的党的二十大报告,让中华儿女倍感自豪、深受鼓舞,也让我们看到了前途和希望。报告高度概括了我们党十年来的战略性举措、变革性实践、突破性进展、标志性成果,在党史、共和国史、改革开放史、社会主义发展史、中华民族发展史上具有里程碑意义,它必将激励全党全国各族人民坚定历史自信、增强历史主动,踔厉奋发、勇毅前行、团结奋斗,谱写全面建设社会主义现代化国家新篇章,夺取中国特色社会主义新胜利。

求木之长者,必固其根本;欲流之远者,必浚其泉源。报告洋溢着照亮人类精神天空的文化光彩。党的十八大以来,习近平总书记鲜明提出坚定文化自信,并将其纳入中国特色社会主义"四个自信",坚持把马克思主义基本原理同中国具体实际相结合,同中华优秀传统文化相结合,推动中华优秀传统文化创造性转化、创新性发展。放眼新时代的中华大地,收藏在博物馆里的文物、陈列在广阔大地上的遗产、书写在古籍里的文字日益走进人民群众心中,中华优秀传统文化跨越时空、历久弥新,在赓续传承中焕发出蓬勃的生机活力。"中华民族在几千年历史中创造和延续的中华优秀传统文化,是中华民族的根和魂。""如果没有中华五千年文明,哪里有什么中国特色?如果不是中国特色,哪有我们今天这么成功的中国特色社会主义道路?""要善于从中华优秀传统文化中汲取治国理政的理念和思维。""只有充满自信的文明,才会在保持自己民族特色的同时包容、借鉴、吸收各种不同文明。"这些论断,为文化工作指明了方向。

作为国家大型文化传承项目、大型纪录片《记住乡愁》的文字统筹、撰稿、策划,我能非常贴地气、非常烟火味地感受到它的历史意义、时代意义、人类学意义,也同步见证了中华民族伟大复兴的全过程,特别是中华优秀传统文化在国际社会得到普遍认同的全过程。

如何增强中华文明传播力影响力、如何坚守中华文化立场,讲好中国故事,传播好中国声音,展现可信、可爱、可敬的中国形象,推动中华文化走向世界,《记住乡愁》的成功经验值得总结。作为一档由央视中文国际频道承制的节目,节目从一开始,就着眼中华文化的全球性传播、人类性表达,把中国式美好生活的悠久性、合理性、先进性、可持续性,通过细节性的审美镜头,故事化表达出来,从古村到古镇,到古街区,到古城,再回到乡村,聚焦乡村振兴,展现了可信、可爱、可敬的中国形象,被中宣部领导誉为"涵养社会主义核心价值观最接地气的精品力作"。

"提高全社会文明程度,实施公民道德建设工程,弘扬中华传统美德,加强家庭家教家风建设,……推动明大德、守公德、严私德,提高人民道德水准和文明素养。……在全社会弘扬劳动精神、奋斗精神、奉献精神、创造精神、勤俭节约精神……"

这段论述,既让我觉得过去走过的公益之路是对的,同时也为今后继续把文艺和公益相结合,和志愿者精神相结合,围绕"发展社会主义先进文化,弘扬革命文化,传承中华优秀传统文化"推动公益事业,提供了遵循依据。

在总书记所作的报告中,贯穿着一个深刻的思考,那就是"人类将向何处去"。聆听了十九大报告之后,我在《文艺报》上发表了《从中国梦到人类梦》的体会文章,之后又陆续撰写了相关随笔。在这些随笔中,我写道,"中国"之"中",不但让中华民族保持了五千年生命力,同时也给人类走出困境提供了答案。这个"中",体现的是中华文化的整体性,体现的是中华文化"天同覆,地同载"的"天地精神"。这种"天地精神",对于人类来讲,就是构建"人类命运共同体"。"构建人类命运共同体,创造人类文明新形态",人类才有前途和希望。